Clorinda Matto de Turner

HERENCIA
(Novela peruana)

edición
Mary G. Berg

STOCKCERO

Matto de Turner, Clorinda

    Herencia : novela peruana / Clorinda Matto de Turner ;

      edición literaria a cargo de: Mary Berg - 1a ed. - Buenos Aires : Stock Cero, 2006.

    208 p. ; 22x15 cm.

ISBN 987-1136-56-0

1. Narrativa Peruana-Novela. I. Berg, Mary, ed. lit. II. Título

CDD Pe863

Clorinda Matto de Turner

HERENCIA
(Novela peruana)

ÍNDICE

Prólogo a esta edición

En 1886, la escritora peruana Clorinda Matto de Turner llegó a
Lima con la intención de establecerse en la ciudad capital del Perú.
Venía de Arequipa, donde había sido la jefe de redacción del diario
La Bolsa de esa ciudad, de 1883 a 1886, y donde había publicado, con
gran éxito, su primeras colecciones de ensayos, leyendas y bosquejos
históricos. Al llegar a Lima, donde ya vivía su hermano David, médico-
cirujano y presidente de la Unión Fernandina, Clorinda Matto habrá
tenido la esperanza de poder participar muy activamente en la vida
cultural de la capital y de poder sostenerse como escritora. Es probable
que trajera consigo los textos de por lo menos dos novelas, que ella
logró publicar en Lima en 1889 y 1891, bajo los títulos de *Aves sin nido*
e *Indole*.

En Lima, Clorinda Matto fue acogida calurosamente por los escritores e intelectuales principales de la época. Se incorporó a las reuniones
literarias del Ateneo y del Círculo Literario, e inauguró una serie de tertulias literarias en su propia casa. Continuó escribiendo artículos y na-

rraciones, y en 1889 fue nombrada Directora de *El Perú Ilustrado*, la revista literaria más distinguida de Lima en esos años. Pero la vida en Lima le fue inicialmente muy difícil. Matto pasó por varios años de penuria a pesar de los honores intelectuales que se le concedían. Lima no le resultó ser el paraíso social que había imaginado, ni le pareció ser una ciudad moderna donde se hubieran resuelto las tensiones y las deficiencias de los pueblos y villorios andinos del interior, cuyos problemas ella había dramatizado acerbamente en *Aves sin nido* e *Indole*. Ya establecida en la capital, Clorinda Matto, siempre observadora y periodista astuta, se daba cuenta de los muchos aspectos problemáticos de la sociedad limeña. Al final de *Aves sin nido,* publicado en 1889, se cuenta la llegada a Lima de la familia Marín, personajes centrales de la novela, que habían soñado con encontrar la ciudad ideal, pero que en seguida notaron la triste y preocupante situación de los muchos huérfanos y pobres, la corrupción política y la gran cantidad de sacerdotes que andaban por las calles, lo que los Marín interpretaron como evidencia de la perduración de convicciones anti-liberales y anti-modernas. Su tercera novela, *Herencia*, publicada en 1895, continúa el relato de lo que sucedió a la familia Marín cuando se estableció en Lima, pero no requiere una lectura de la primera novela; *Aves sin nido* analiza un pueblo andino, y *Herencia* examina la vida en la ciudad capital.

Herencia presenta una serie de cuadros que ofrecen un panorama de clases, razas, tensiones, frustraciones, logros y aspiraciones, que juntos constituyen una anatomía de una gran ciudad en transición, en flujo entre lo tradicional y lo moderno, el mundo de ayer y el mundo de mañana. Al examinar una serie de personajes diversos, Matto indaga cuáles factores y características definen los parámetros de clase social, de movilidad social y de tácticas de sobrevivencia en este nuevo ambiente de agresiva competencia capitalista. Es el retrato (o una serie de retratos no necesariamente homogéneos, con la variedad heterogénea que se encuentra en un periódico) de una sociedad que se transforma rápidamente, donde se debate la relevancia de nuevas teorías de progreso, evolución, eugenesia, raza, la herencia genética vs. la influencia de educación y medio ambiente. La novela refleja el entusiasmo de la época por las nuevas hipótesis "científicas" en este período de transiciones, importaciones (no siempre asimiladas), cambios económicos, y expansión del nuevo capitalismo. Con ojo agudo de socióloga, Matto describe una selección de los protagonistas más activos en los cambios sociales que se implementan en la ciudad capital, con interés especial en las nuevas clases medias, la nueva burguesía. Le interesan sobre todo las personas cuya situación, autoridad y posibilidades de movilidad (social y económica) están en transición. La mayoría de los personajes centrales aspiran a subir en la sociedad limeña, aunque pocos lo consiguen y algunos pierden su poder, prestigio, posición estable, dinero heredado, o hasta la vida misma: están todos en flujo, y sus logros o fracasos se miden —o por lo menos se marcan— por sus ganancias y pérdidas de dinero, todo en el contexto de un país que está en trance de cambios vertiginosos después de las desilusiones y humillaciones traumáticas de la derrota del Perú en la Guerra del Pacífico (1879-83).

Como señaló Matto en el Proemio de su primera novela, para ella

> si la historia es el espejo donde las generaciones por venir han de contemplar la imagen de las generaciones que fueron, la novela tiene que ser la fotografía que estereotipe los vicios y las virtudes de un pueblo, con la consiguiente moraleja correctiva para aquéllos y el homenaje de admiración para éstas.[1]

En *Herencia* también es explícito el propósito reformista de la autora, y en su dedicación a su amigo Nicanor Bolet Peraza, periodista venezolano residente en Nueva York por razones políticas, comenta que *Herencia* es "fruto de mis observaciones sociólogicas y de mi arrojo para fustigar los males de la sociedad, provocando el bien en la forma que se ha generalizado" (3).

Las primeras páginas de la novela nos sitúan inmediatamente en el ambiente urbano, desde la perspectiva de Lucía Marín, quien en la primera frase ata las cintas de su gorra de calle y sale al "bullicio de los carruajes y del transitar de las gentes" (7), a las calles limeñas llenas de gente, de ferrocariles urbanos, de casas con balcones, del "hormigueo humano, ya sea del comercio, ya de las tabernas aristocráticas frecuentadas por los caballeros que saborean los *cocktails* y los *bitters* a expensas del *cachito*" (8), al lado de las pulperías donde "el jornalero, el hombre mugriento, el mulato de pelo pasa y ojos blancos que derrocha el cobre del salario en la copa de a dos centavos" (8). Así desde el prin-

---

1   Clorinda Matto de Turner, *Aves sin nido* [primera edición 1889]. Buenos Aires, Stockcero, ISBN 987-1136-15-3; 2004, p. vii.

cipio se presentan observaciones, contrastes y comparaciones donde figuran los diversos aspectos que la novela explora: género, clase, raza, nivel económico, tipo de trabajo, y cualidades morales. Los caballeros saborean sus *cocktails* importados mientras los pobres "derrochan" sus salarios en el vicio del *cachito*. Lucía y su hija adoptiva Margarita, protagonistas de *Aves sin nido* cuando vivían en un pueblito andino, ya trasladadas a Lima al final de esa novela, se adaptan en *Herencia* a la gran ciudad, y salen en estas páginas iniciales de la novela, para adquirir ropa adecuada para su entrada en la vida social de la clase acaudalada de Lima. Matto describe la profusión de tiendas y grandes almacenes, síntomas de la comercialización producida por la invasión de capitalismo en estos años a fines de los 1880 y principios de los 1890, cuando el Perú se abría al mundo, y las mujeres se convirtieron en consumidoras de las novedades de la moda. Hay largas descripciones detalladas de cómo se visten, con comentarios que indican cómo interpretar la ropa, cómo evaluarla dentro del contexto de una época de importaciones comerciales. Margarita, en esta primera escena de la novela, lleva "princesa gris perla con botones de concha madre, sombrero negro con pluma y cintas de *gros* lila, ceñido el talle no con la rigurosa estrechez del corsé que forma cintura de avispa, sino con la esbelta sujeción que determina las curvas suavizando las líneas y presentando las formas aristocráticas de la mujer nacida para ser codiciada por el hombre de gusto delicado….Las diminutas manos de la dama del sombrero estaban enguantadas con los ricos *cueros* de la casa de Guillón, rivalizando con los enanos pies aprisionados en dos botitas de *Preville* de tacones altos y punta aguda"(10).

Está vestida a la moda más reciente, audazmente liberada de la prisión del corsé, aunque todavía con "esbelta sujeción" que indica a los hombres observadores que es moderna pero decorosa, de "formas aristocráticas", sus pies "aprisionados" en botas sumamente incómodas, que también declaran su aristocracia, su deseo de encarcelarse voluntariamente en restricciones dolorosas en su afán de hacer evidente su respetabilidad. Todo lo que lleva es importado del extranjero y es costoso. Los lectores de *Aves sin nido* (y los que leen *Herencia* con cuidado) sabrán que Margarita es hija adoptiva de los Marín (liberales, comprometidos con el progreso de la nación, de la nueva alta burguesía) y que es hija ilegítima de un obispo y una mujer indígena (o sea síntesis de razas peruanas, en esta explícitamente denominada "novela peruana"); sabrán también que la familia ha venido a Lima en parte para poder casar bien a Margarita, una de las muchas historias paralelas de esta novela. Para este fin, un primer paso es vestirla bien, y esta expedición inicial de compras en la novela forma parte de la preparación de las dos mujeres para la fiesta donde Margarita será presentada a la sociedad limeña. Explica Lucía que "si yo condesciendo en que asistas a un baile no ha de ser para que vayas de cualquier modo expusta al repase de vista que las limeñas usan con las que llegan al salón. Ya me verás también salir de mis hábitos" (12). Todos evalúan a las mujeres según su apariencia exterior, pero son las mujeres limeñas las que juzgan con más severidad, celosas e inseguras de su posición social en este momento de tantos cambios. Inclusive Lucía, siempre descrita como sensata, poco dada a lujos, dominada por su sentido moral y su conciencia, piensa que es necesario lucir ropa elegante, salir de sus "hábitos" normales, modestos y conservadores, cuando entra en el mercado de la alta sociedad donde la apariencia es todo. Desde el principio de la novela, la disparidad entre las apariencias y las verdades de la sociedad peruana se destaca; cada personaje y cada situación se analiza en estos términos. Matto pregunta cuáles son los valores verdaderos, quién de veras controla a quién o a qué, cuáles son las conexiones entre aspiraciones y logros posibles. Ni las preguntas ni las respuestas son fáciles: entran la historia, la ciencia, la educación, los prejuicios, los temores, y un factor de pura suerte, de arbitrariedad ciega (quién gana la lotería, quién no se da cuenta que un cuadro querido es un Velásquez que vale una fortuna, quién encuentra un empleo que salva la vida de toda una familia, las mil coincidencias impredecibles de una gran ciudad).

Como lo han señalado varios críticos, una visión romántica y una visión naturalista están en tensión y a veces en compitencia en el libro. El amor idealista de Margarita por Ernesto es bastante romántico, mientras toda la discusión de la interacción entre factores genéticos, factores ambientales, y hasta qué punto el individuo puede exigir control de su propia vida incluye con frecuencia elementos de sexualidad exagerada, bestialidad, y violencia asociados con el naturalismo de la época de Zola. El inmigrante italiano, Aquilino Merlo, representa un peligro a la estabilidad de la sociedad/nación porque no tiene ningún sentido de límites. Su energía física, al principio dirigida a la producción de bebidas alcohólicas y tallarines verdes, se expresa en una sexualidad agresiva que amenaza (y atrae) a las mujeres a su alrededor. Era momento de mucha discusión nacional sobre las ventajas y desventajas de la inmigración, y como en tantas discusiones, Matto pondera los pros y los contras, los argumentos en favor (nueva sangre, nueva energía genética, nuevas ideas, y conexiones con otras naciones, más trabajadores) [2] y los posibles aspectos negativos (presencia del "otro", adaptación a lo nuevo, pérdida de hegemonía católica española y regionalismo tradicional), sin resolución definitiva al final. Aquilino Merlo, un inmigrante sin educación, sólo en el Perú de la posguerra podría lograr casarse con Camila, joven bella de familia aristocrática (venida a menos pero de la clase alta): esto debería ser un paradigma de éxito. Pero no; Matto nos describe al italiano como incapaz de saltar de su condición de obrero a la clase alta, incapaz de educarse o de aprovechar esta oportunidad, y en un descenso suicida se dedica al vicio, obliterando todo lo que ha ganado. El italiano se describe como poseedor sexual de muchas mujeres, y cuando por la casualidad de la intervención de Espíritu, que le anima, logra entrar en una relación con Camila, "su deseo de bestia humana se agitaba con ferrea tenacidad" (25). A pesar de su liberalismo, en sus novelas Matto retrata negativamente a los inmigrantes, como el ingeniero borracho en *Indole* que no logra dominar el castellano. Pero en *Herencia* es una cuestión más compleja: hay escaso lugar en la clase alta para nuevas ideas, inovaciones, o perspectivas nuevas.

El dinero (su presencia, su ausencia) figura literal y simbólicamente en cada escena de la novela. El dinero heredado ha destruido todo sentido moral en Nieves de Aguilera, descrita como corrupta y ciega a todo menos las apariencias. Es la crítica más acerba que hace Matto de las clases aristocráticas degeneradas y estancadas. Nieves cree que todo se puede resolver con el dinero. Cuando "el italiano" seduce a Camila,

---

2   Públicamente Clorinda Matto se había mostrado en favor de la posición liberal en favor de la inmigración. En una carta dirigida al presidente Cáceres y publicada en *El Perú Ilustrado*, Matto declaro que "clamaremos por la inmigración extranjera que con el cruzamiento de sangre, componga este país donde la mayor parte de los habitantes es de raquíticos y tuberculosos, moral y físicamente, y que en lugar de politiqueros, oradores y poetas que con la imaginación exaltada del tísico sueñan bellezas en teoría nos den hombres robustos, hombres útiles." Citado por Efraín Kristal en *The Andes Viewed from the City: Literary and Political Discourse on the Indian in Peru 1848-1930*. NY, Peter Lang, 1987, p. 156.

su madre insiste que "sólo las pobres son unas perdidas" (136) y logra transformar (en la superficie públicamente visible) al pulpero pobre en "conde" aristocrático. Inclusive la iglesia colabora en este juego venal de las apariencias mercantilistas. A pesar del dictamen que "el Arzobispo no sale de su Palacio para matrimonio" (165), responde Nieves que

> —La plata allana todo, *usté* lo verá...– y, en efecto, a las ocho y media de la noche su Señoría Ilustrísima vestido con el más deslumbrante de los ajuares sacerdotales tenía delante la pareja....y se procedió a la gran ceremonia apadrinada por el Excelentísimo Señor Presidente de la Corte Suprema y la acaudalada señora esposa del Vice-Cónsul de Marruecos. (165)

Los de la alta sociedad, que acuden a las varias fiestas de Nieves, admiran esta energía arrogante; en las discusiones donde continuamente se lamenta la decadencia de la política peruana, se juega con el chiste que las mujeres organizarían mejor al país. Se inventan "ministerios femeninos" imaginarios y se queja de como "en el país estaban perdidos y corrompidos los hombres y que quizá le iría mejor a la patria echándose en brazos de las mujeres" (17). Imaginamos a Clorinda Matto sonriendo mientras escribía eso.

La participación política de las mujeres se propone sólo en teoría, pero *Herencia* se enfoca en las posibilidades abiertas a las mujeres, siguiendo en detalle las opciones de varios pares de mujeres, donde una se refleja a la otra como en espejo, aunque también se enfatizan sus diferencias y sus contrastes. Lucía y Nieves, madres de las dos niñas que se casan, se contrastan en sus aspiraciones, la educación de sus hijas, y su empleo del dinero, aunque las dos ejercen control sobre el dinero; Lucía lo utiliza para salvar la vida de una familia necesitada, mientras Nieves lo gasta en apariencias de lujo para impresionar a los de su propia clase social, la clase alta ya algo venida a menos. Margarita, la inocente niña buena (aunque con sus secretos) es comparada con Camila, inocente pero corruptible, no tan apoyada por valores maternos morales: se contrastan sus amores, los ambientes que las forman, y los adultos que las cuidan. Otros pares de opuestos pueden verse entre Margarita, la rica, y Adelina, la costurera respetable pero pobre, que compiten por el amor de Ernesto Casa-Alta. Camila y Espíritu,

atraídas por el inmigrante agresivo, Aquilino Merlo, son usadas por él
sin escrúpulos. Las historias de Espíritu y Adelina, llenas de infortunios
y de mala suerte, a pesar de sus esfuerzos, no consiguen salidas posi-
tivas: Espíritu, madre de dos hijas (como Nieves) pasa de ser criada
mimada a lavandera, a tamalera, prostituta y facilitadora sexual;
Adelina, soñadora romántica atrapada en sus tareas mal recompen-
sadas de costurera, tiene alma de artista, y se desespera al perder su
amor. En esta serie de balances entre personajes y situaciones encontramos el panorama complejo de las percepciones de Clorinda Matto
sobre los muchísimos niveles problemáticos y conflictivos de las tensiones entre cambio y tradición en la sociedad limeña de su época. La
novela se estructura a base de escenas de momentos de ascenso y descenso en la escala social limeña. Los únicos que se mantienen en un
lugar estable son los serranos Lucía y Fernando Marín, que están de
paso en Lima, habiendo venido del pueblo andino de *Aves sin nido*, con
la intención de seguir a Madrid, a lo mejor de paseo, pero sin indicación
de retorno fijo, ya que Lima les ha defraudado. Lima también habrá
defraudado a Clorinda Matto, y la publición de esta novela poco antes
de exiliarse del Perú, habrá sido un acto de desafío y de acerba crítica.

LA AUTORA

Grimanesa Martina Mato Usandivaras, quien después se llamara
Clorinda Matto, nació en Cusco, Perú, el 11 de noviembre de 1852. Fue
hija de Grimanesa Usandivaras y de Ramón Mato, dueños de una pequeña hacienda llamada Paullo Chico, donde la autora y sus dos hermanos, David y Daniel, pasaron la mayor parte de su infancia. Años
después, en sus escritos, Matto describiría muchas veces la belleza de
la vida del campo allí, recurriendo a recuerdos concretos de hechos y
personas. Su permanente interés por el bienestar de la población indígena así como su dominio de la lengua quechua también se arraigan
en aquellas experiencias tempranas. Obtuvo su educación formal en
Cusco, en el Colegio Nacional de Educandas, escuela que llegaría a ser
famosa por su laicidad y su excelencia académica. A los catorce años ya
editaba un periódico estudiantil y también escribía escenas sueltas de

teatro que se representaban entre amigos. En 1862 murió su madre, y
en 1868 ella abandonó la escuela para ayudar con el manejo de la casa
y para cuidar a su padre y a sus dos hermanos. El 27 de julio de 1871
Matto se casó con Joseph Turner, médico y empresario inglés, y se fue
a vivir a Tinta, no lejos de Cusco, pueblo que describe en *Indole*, donde
tambien figura la hacienda de "Palomares", parecida al Paullo Chico
de su niñez. Para ese entonces y bajo diversos seudónimos –"Lucrecia",
"Betsabé", "Rosario" y "Carlota Dimont" (este último lo siguió usando
durante toda su vida)– Matto ya publicaba poesía y prosa en periódicos
cusqueños como *El Heraldo, El Mercurio, El Ferrocarril* y *El Eco de los
Andes.* Al principio, su interés se centraba en la emancipación y educación de las mujeres, y el trato a los ciudadanos indígenas, pero pronto
empezó a escribir leyendas y bocetos históricos, y tradiciones cusqueñas
en el estilo de los artículos de costumbre ya bien conocidos, de sátira ri-
sueña, de Ricardo Palma y otros autores de la época. En 1876, empezó
a publicar *El Recreo de Cuzco*, revista semanal de literatura, ciencia,
artes y educación, en la cual aparecen muchos artículos suyos.

En 1877, cuando Matto fue de visita a Lima, recibió una cordial
acogida y fue invitada a una serie de reuniones y festejos literarios,
entre ellos al prestigioso salón de Juana Manuela Gorriti, escritora argentina muy conocida que en aquella época residía en el Perú [3]. Gorriti organizó una reunión literaria en honor de Matto, y entre los que
participaron estaban la propia Gorriti, Mercedes Cabello de Carbonera,
y Ricardo Palma; con el tiempo, todos estos escritores serían buenos
amigos. En 1879, durante los primeros años de la guerra con Chile,
Matto apoyó activamente la causa del patriota mestizo Andrés Avelino
Cáceres [4] quien, con soldados *montoneros* indígenas, defendió la región
peruana de los Andes. La casa de Clorinda Matto y Joseph Turner en
Tinta sirvió como hospital de guerra y, además de recolectar fondos
para la guerra, Matto organizó un sistema de ambulancias. En 1880 salieron sus dos primeros libros, una biografía y una colección de textos
cortos (*Hojas de un libro: Leyendas, tradiciones y biografías por Clorinda
Mato de Turner,* es el último título publicado antes que agregara otra *t*
a su apellido, como homenaje al idioma quechua, donde hay conso-
nantes dobles).

---

3   Sobre la importancia de los salones, o veladas literarias, se puede consultar el estudio de
     Francesca Denegri, *El abanico y la cigarrera: La primera generación de mujeres letradas en
     el Perú 1860-1895.* Lima: IEP/Flora Tristán, 1996.
4   Andrés Avellino Cáceres (1833-1923), militar y político peruano republicano, héroe de
     la Campaña de Tarapacá y otras campañas durante la Guerra del Pacífico con Chile en
     1879, presidente del Perú 1886-90. Guillermo Seoane García, "Cáceres, Andrés Avelino"
     El biógrafo americano Tomo I. Lima: Librería Escolar, Impr. E. Moreno, 1903, 289-329.

Joseph Turner murió en marzo de 1881, momento en que la guerra transitaba por su etapa más caótica, dejando a su viuda en una situación económica francamente difícil; ello se refleja en la amenaza de bancarrota que pesa sobre Antonio López en *Indole*, en la cual constituye uno de los elementos principales. Matto trató de solventar deudas por medio de diversas empresas comerciales, pero en 1883 se mudó a Arequipa, como jefa de redacción del diario importante, *La Bolsa*. Gran número de sus primeros artículos y editoriales en *La Bolsa* son exhortaciones patrióticas dirigidas a la nación peruana, pidiendo unidad y una pronta resolución de sus problemas. Matto escribió también sobre comercio y agricultura, inmigración, problemas indígenas y educación, esto último con una preocupación especial por las mujeres. En 1884, publicó como libro de texto una antología literaria para mujeres, a fin de alentar a las jóvenes a seguir el ejemplo proactivo de Santa Teresa y otras mujeres modelos.

Un tomo de ensayos y bosquejos históricos de Matto, *Perú Tradiciones cuzqueñas*, publicado en Arequipa en 1884, con prólogo de Ricardo Palma, la consagró como autora nacional de importancia. *Hima-Sumac* (1892), su única obra teatral, fue estrenada en Arequipa el 16 de octubre de 1884 y después en Lima en 1888: se trata de un melodrama de amor y traición, que celebra la heroica rebelión en 1780 de Túpac Amaru (quien fue derrotado), y lamenta en forma conmovedora la opresión, por parte de los españoles, de los indígenas. Un aspecto bien interesante de esta obra es que omite toda mención de Micaela Bástidas, la dinámica esposa de Túpac Amaru, quien organizó gran parte de su campaña, y murió junto a él, ultimada por los españoles: hay que prestar atención a las omisiones y los silencios de Clorinda Matto, crítica de la sociedad peruana de su momento pero siempre conciente de los límites que no se debían traspasar.

Al mudarse a Lima en 1886, Matto siguió escribiendo artículos y narraciones, y en 1889 además de asumir la dirección de la revista más importante de su época, *El Perú Ilustrado*, en ese mismo año publicó dos libros, uno de ellos una serie de descripciones históricobiográficas, *Bocetos al lápiz de americanos célebres*, y la otra, *Aves sin nido*, una ambiciosa novela de fuerte crítica a la corrupción existente en un pueblecito andino. Casi en seguida esta novela, donde la familia simbólicamente ideal de la nación se compone de padres blancos, una hija mestiza, y una hija indígena, le trajo grandes aplausos y gran notoriedad.

En *El Perú Ilustrado,* Matto publicó la obra de muchos escritores importantes, entre éstos, Rubén Darío, Manuel González Prada, y varios de los integrantes del grupo literario que se reunía permanentemente en su casa. El 23 de agosto de 1890, en *El Perú Ilustrado* se publicó (sin autorización de Matto, según ella aclaró posteriormente, pues ese día había estado enferma) un cuento basado en la vida de Cristo, escrito por el brasileño Henrique Maximiano Coelho Netto, que enfureció a muchos lectores; éstos opinaron que se había difamado a Cristo pues en el cuento se aludía a su atracción sexual por María Magdalena. El arzobispo de Lima prohibió que se leyera, vendiera o hablara de la revista, alegando que hacerlo era pecado mortal. Se acusó a la revista y luego también a *Aves sin nido* de haber difamado a la Iglesia.[5] La controversia fue acrecentándose. El arzobispo excomulgó a Matto, hubo manifestaciones públicas a favor de ella y en contra, en Cusco y Arequipa fue quemada su efigie, y *Aves sin nido* quedó incluído en la lista de libros prohibidos por la Iglesia católica. Pero Matto y *El Perú Ilustrado* tenían muchos defensores, y el 7 de julio de 1891, la prohibición episcopal del periódico fue levantada en función de las múltiples promesas de Pedro Bacigalupi, dueño de la revista, quien se comprometió personalmente a censurar su contenido. Cuatro días después, Matto renunció a su cargo de editora y directora.

El año siguiente, Matto publicó *Indole*, su segunda novela, donde de nuevo describe a un sacerdote corrupto y lujurioso y coloca en tela de juicio la moralidad y la ética de diversos sectores de la sociedad: las autoridades militares, civiles, y eclesiástícas, pero también cada individuo, que tiene como deber el ser buen ciudadano. La autora critica dura y abiertamente el comportamiento del cura, y asimismo a la Iglesia por sus exigencias de castidad (cosa que, según Matto, es antinatural e insostenible no tratándose de santos), y por seleccionar, en-

---

5   Era época de mucho debate sobre la legalidad del protestantismo, y del rol de la iglesia católica en la vida nacional. Ver Fernando Armas Asín, *Liberales, protestantes y masones. Modernidad y tolerancia religiosa. Perú, siglo XIX.* (Cusco: Centro de estudios regionales "Bartolomé de las Casas", 1998). Era ilegal predicar públicamente las doctrinas de ninguna iglesia que no fuera la católica. Los católicos conservadores hablaban de conservar el orden social, mantener la estabilidad interna, garantizar que toda la "nación" compartiera la fe y la moralidad católicas. Los asuntos pendientes entre las dos partes (iglesia-nación, inmigración, tolerancia frente a los extranjeros, cambios modernizantes) –por algo en las novelas de Clorinda Matto abundan los telégrafos, los ferrocarriles, las pilas de Volta, las máquinas de coser, los nuevos productos importados– estallaron por fin en 1890.

trenar y vigilar a los curas en forma defectuosa.[6] A diferencia de *Aves sin nido*, donde la comunidad es totalmente disfuncional y casi todos explotan o son explotados, y donde la vida del pueblo, lleno de "notables" corruptos, se halla constantemente trastornada por la llegada de "forasteros", en *Indole* la vida del pueblo es más estable, la gente generalmente se quiere y se lleva bien, y los problemas que surgen parecen posibles de solucionar (o por lo menos, llevaderos). No obstante, la crítica acerba de la inmoralidad clerical en las dos novelas ofendió a muchos defensores de la Iglesia católica.

En 1891, Matto aumentó sus actividades políticas, defendiendo a Andrés Avelino Cáceres [7], su amigo de toda la vida, y atacando a Nicolás de Piérola en las páginas de *Los Andes*, una nueva publicación quincenal que Matto fundó y dirigía. Con el respaldo de su hermano David, ella abrió una imprenta feminista y repartió una muestra que decía: *Muestrario de la imprenta "La Equitativa", servida por señoras, fundada en febrero de 1892 por Clorinda Matto de Turner*. En esas instalaciones Matto imprimió su periódico, su próximo libro, *Leyendas y recortes* (1893), y también la obra de otras escritoras. La novela *Herencia*, que por su crítica acerba sobre la fragmentación y desintegración moral de la sociedad limeña fue sumamente controversial y provocó una recepción bastante hostil, apareció a principios de 1895. En marzo de ese año, las fuerzas de Piérola entraron en Lima y tras días de lucha, tomaron el poder. Más adelante, Matto describiría los horrores vividos en aquellos días. Su casa fue destruída, su imprenta saqueada y sus manuscritos extraviados. El 25 de abril de 1895, Matto huyó a Chile, donde fue recibida con gran cariño. Después se dirigió a la Argentina, radicándose en Buenos Aires. Allí dió clases en la Escuela Comercial de Mujeres, la Escuela Normal de Profesoras y otras escuelas, tradujo libros del Nuevo Testamento al quechua (esto, por encargo de la American Bible Society, que tuvo un rol protagónico en el caso Penzotti de 1890-91), y siguió escribiendo artículos para diversas publicaciones. Co-

---

6   Se trata de un momento histórico de crisis para la iglesia tradicional, no sólo porque fuera incapaz de modernizarse, sino también porque sufría económicamente y no lograba reclutar suficientes curas. Según Klaiber, "in 1790 there were 711 religious priests in Lima, but in 1857 that number had dropped to 155 [...] At the time of independence many religious were expelled or executed because they were Spanish or supported Spain [...] Finally, the Peruvian liberals [...] made the religious way of life a special target of their reformist plans" [41-43]. Jeffrey Klaiber S.J., *The Catholic Church in Peru, 1821-1985: A Social History* (Washington DC: Catholic University of America Press, 1992).

7   Andrés Avelino Cáceres, en apoyo de cuya causa Matto había trabajado durante sus años en Tinta, fue Presidente de la República Peruana de 1886 a 1890. En 1895, fue reelecto, en parte debido al respaldo que Matto le brindó desde las páginas de su periódico *Los Andes*.

laboró en los diarios *La Nación, La Prensa, La Razón* y *El Tiempo* y en
varias revistas de importancia. Fundó y editó el *Búcaro Americano*, una
revista general que dedicó mucho espacio a temas sociales y literarios
y salió entre 1896 y 1909. En 1904 *Aves sin nido* salió en inglés traducida
y algo modificada por J.G. H. Hudson; en la traducción, el pesimismo
del final frente a la posibilidad de reforma social da paso a una visión
más optimista, con el objetivo de atraer inversiones y misioneros al
Perú [8].

En 1908 Matto recorrió gran parte de Europa y escribió un diario,
con las impresiones de su viaje por Italia (donde tuvo una audiencia
con el Papa), Suiza, Alemania, Inglaterra, Francia y España (donde
dictó conferencias sobre Argentina y Perú). A finales de ese mismo año
regresó a Buenos Aires y aunque estaba bastante enferma, terminó el
libro de comentarios sobre sus impresiones de Europa, *Viaje de recreo*
(1909); poco después, el 25 de octubre de 1909 murió de pulmonía, en
una clínica de Buenos Aires. Legó parte de sus bienes al Hospital de
Mujeres de Cusco, y donó su biblioteca al Concejo de Educación de
Buenos Aires.

A pedido del entonces presidente y del Congreso del Perú, los
restos de Clorinda Matto de Turner fueron repatriados en 1924 y están
enterrados en Lima. Hay decenas de escuelas peruanas y argentinas
que llevan su nombre.

Mary G. Berg
Resident Scholar, Women's Studies Research Center,
Brandeis University

---

8   Esta traducción ha sido reeditada, siguiendo más de cerca el texto original: *Birds Without
     a Nest: A Story of Indian Life and Priestly Oppression in Peru*, traducido por J.G.H.Hudson,
     prol. y enmendado por Naomi Lindstrom. Austin: U Texas Press, 1996. También hay
     una nueva traducción al inglés: *Torn From the Nest*, ed.y prol. Antonio Cornejo Polar,
     traducido por John H. R. Polt. Oxford: Oxford U Press, 1998.

Bibliografía

Libros principales de Clorinda Matto de Turner:

Hojas de un libro: Leyendas, tradiciones y biografías. Huaraz: Imp. de "La Autonomía de Anchas", 1880.

Perú Tradiciones cuzqueñas. Arequipa: Imp. de "La Bolsa,"1884.

Tradiciones cuzqueñas. Tomo II. Lima: Imp. de Torres Aguirre,1886. Hay muchas ediciones subsiguientes que contienen selecciones diferentes. Dos recientes son: *Tradiciones cuzqueñas completas*. Lima: Peisa, 1976; y *Tradiciones cuzqueñas: Leyendas, biografías y hojas sueltas*. Cusco: Municipalidad del Cusco, 1997.

Aves sin nido (Novela peruana). Buenos Aires: Félix Lajouane, 1889 y Lima: Imprenta de Carlos Prince, 1889.

Bocetos al lápiz de americanos célebres. Lima: Peter Bacigalupi y Cía., 1889.

Elementos de Literatura según el Reglamento de Instrucción Pública para uso del bello sexo. Arequipa: Imp. "La Bolsa," 1889.

Indole (Novela peruana). Lima: TipoLitografía Bacigalupi, 1891.

Hima-Sumac. Drama en tres actos y en prosa. Lima: Imp. "La Equitativa, 1892.

Leyendas y recortes. Lima: Imp. "La Equitativa," 1893.

Herencia (Novela peruana). Lima: Imp. Masías, 1895.

Analogía. Segundo año de gramática castellana en las escuelas normales, según el programa oficial. Buenos Aires: n.p., 1897.

Apostolcunae ruraskancuna pananchis Clorinda Matto de Turnerpa caste- llanomanta runa simiman tticrasccan. Traducción al quechua del Evangelio de San Lucas y los Hechos de los Apóstoles. Buenos Aires y Lima: Sociedad Bíblica Ame- ricana, 1901. Tomos subsiguientes rindieron al quechua los evangelios de San Juan, San Pablo, San Marcos y San Mateo. Se publicaron en muchas ediciones en Buenos Aires, Nueva York y Lima.

Boreales, miniaturas y porcelanas. Buenos Aires: Imp. de Juan A. Alsina, 1902.

Cuatro conferencias sobre América del Sur. Buenos Aires: Imp. de Juan A. Alsina, 1909.

Viaje de Recreo. España, Francia, Inglaterra, Italia, Suiza, Alemania. Va- lencia: F. Sempere y Compañía, 1909.

FUENTES SECUNDARIAS ÚTILES PARA LA LECTURA DE *Herencia*:

Basadre, Jorge. *Historia del Perú.* Lima: Editorial Juan Mejía Baca, 1980.

Berg, Mary G. "Feminism and Representation of the Feminine in the Novels of Clorinda Matto de Turner (Peru, 1852- 1909)". *Phoebe: An Interdisciplinary Journal of Feminist Scholarship, Theory and Aesthetics* I, 3 (1990), 10-17.

_____. "Role Models and Andean Identities in Clorinda Matto de Turner's *Hima-Sumac*" en *Studies in Honor of Denah Lida.* Ed. Mary G. Berg y Lanin A. Gyurko. Potomac MD: Scripta Humanistica, 2005, 297-305.

_____. "Pasión y nación en *Hima-Sumac* de Clorinda Matto de Turner" (1999) www.fas.harvard.edu/~icop/maryberg.html

_____."Presencia y ausencia de Clorinda Matto de Turner en el panorama literario y editorial peruano", en *Edición e interpretación de textos andinos*. Ed. José Antonio Mazzotti. Navarra: Univ. de Navarra/Vervuert, 2000:211-229. Una versión abreviada se encuentra en www.evergreen.loyola.edu/~tward/mujeres/critica/berg-matto-presencia.htm

_____."Clorinda Matto de Turner" en *Las Desobedientes: Mujeres de Nuestra América*, ed. Betty Osorio and María Mercedes Jaramillo. Santafé de Bogotá: Editorial Panamericana, 1997, 131-159.

_____."Writing for Her Life: The Essays of Clorinda Matto de Turner" en *Reinterpreting the Spanish American Essay: Women Writers of the 19th and 20th Centuries,* ed. Doris Meyer. Austin: U of Texas P, 1995, 80-89.

_____." Clorinda Matto de Turner" *Spanish American Women Writers*, ed. Diane Marting. Westport, CT.: Greenwood Press. 1990, 303-315. También en *Escritoras de Hispanoamérica*. Ed. Diane Marting y Montserrat Ordóñez. Bogotá, Colombia: Siglo XXI, 1991, 309-322.

Bryan, Catherine M. "Making National Citizens: Gender, Race and Class in Two Works by Clorinda Matto de Turner." *Cincinnati Romance Review* XV (1996): 113-118.

Carrillo, Francisco. *Clorinda Matto de Turner y su indigenismo literario*. Lima: Biblioteca Nacional, 1967.

Castro Arenas, Mario. "Clorinda Matto de Turner y la novela indigenista". *La novela peruana y la evolución social*. Lima: Cultura y Libertad, 1965, 105-112.

Cornejo Polar, Antonio. *Clorinda Matto de Turner novelista. Estudios sobre Aves sin nido, Indole y Herencia*. Lima: Lluvia Editores, 1992.

_____. *Literatura y sociedad en el Perú: La novela indigenista*. Lima: Lasontay, 1980.

_____. *La formación de la tradición literaria en el Perú*. Lima: Cep, 1989.

_____. "Prólogo". *Herencia*, de Clorinda Matto de Turner. Lima: Instituto Nacional de Cultura, 1974, 7-21.

Cuadros Escobedo, Manuel E. *Paisaje i obra. Mujer e historia: Clorinda Matto de Turner, estudio crítico-biográfico*. Cusco: H. G. Rozas Sucesores, 1949.

Davies, Catherine. "On Englishmen, Women, Indians and Slaves: Modernity in the Nineteenth-century Spanish-American Novel". *Bulletin of Spanish Studies*, LXXXII, 3-4 (2005), 313-333.

_____. "Spanish-American Interiors: Spatial Metaphors, Gender and Modernity". *Romance Studies*, 22, 1 (March 2004), 27-39.

Denegri, Francesca. *El abanico y la cigarrera: La primera generación de mujeres ilustradas en el Perú 1860-1895*. Lima: IEP/ Flora Tristán, 1996.

Fleet, Michael y Brian H. Smith, *The Catholic Church and Democracy in Chile and Peru*. Notre Dame IN: U of Notre Dame P, 1997.

Fox-Lockert, Lucía. "Contexto político, situación del indio y crítica a la iglesia de Clorinda Matto de Turner". *Texto/Contexto en la Literatura Iberoamericana: Memoria del XIX Congreso, Instituto Internacional de Literatura Iberoamericana*. Madrid: XIX Congreso IILI, 1981, 89-93.

Gálvez, José. *Una Lima que se va (crónicas evocativas)*. Lima: Euforión, 1921.

García Jordán, Pilar. *Iglesia y poder en el Perú contemporáneo 1821-1919*. Cusco: Centro de estudios regionales andinos "Bartolomé de las Casas", 1992.

_____. "Progreso, inmigración y libertad de cultos en Perú a mediados del siglo XIX". *Siglo XIX: Revista de Historia*, Monterrey MX, 3 (enero-junio 1987), 37-61.

Klaren, Peter Flindell. *Peru: Society and Nationhood in the Andes*. Oxford: Oxford UP, 2000.

Kristal, Efraín. "The Political Dimension of Clorinda Matto de Turner's *Indigenismo*". *The Andes Viewed From the City: Literary and Political Discourse on the Indian in Peru 1848-1930*. New York: Peter Lang, 1987, 127-161.

Miller, Michael B. *The Bon Marché: Bourgeois Culture and the Department Store 1869-1920*. Princeton: Princeton UP, 1981.

Ortega, Julio. *Cultura y modernización en la Lima del 900*. Lima: Centro de Estudios para el Desarrollo y la Participación, 1986.

Palacios Rodríguez, Paúl. *Redes de poder en el Perú y América Latina 1890-1930*. Lima: Universidad de Lima, 2000.

Peluffo, Ana. *Lágrimas andinas: sentimentalismo, género y virtud republicana en Clorinda Matto de Turner*. Pittsburgh: Instituto Internacional de Literatura Iberoamericana, 2005.

_____. "El indigenismo como máscara: Antonio Cornejo Polar ante la obra de Clorinda Matto de Turner". *Antonio Cornejo Polar y los estudios latinoamericanos*. Ed. Friedhelm Schmidt-Welle. Pittsburgh: Serie críticas, Instituto Internacional de Literatura Iberoamericana, 2002, 213-233.

Portugal, Ana María. "El periodismo militante de Clorinda Matto de Turner". *Mujeres y género en la historia del Perú*. Ed. Margarita Zegarra. Lima: CENDOC, 1999.

Rodríguez-Luis, Julio. "Clorinda Matto" en *Hermenéutica y praxis del indigenismo: La novela indigenista de Clorinda Matto a José María Arguedas*. Mexico: Fondo de Cultura Económica, 1980, 17-55.

Romero, José Luís. *Latinoamérica: las ciudades y las ideas*. México, Siglo XXI, 1976.

Satake, Keniche, "El mundo privado de Clorinda Matto de Turner en *Herencia.*" *Revista de Estudios Hispánicos* XX, 2 (1986): 21-38.

Sklodowska, Elzbieta. "'Ya me verás también salir de mis hábitos...': el afán disciplinario en *Herencia* de Clorinda Matto de Turner" en *Todo ojos, todo oídos: control e insubordinación en la novela hispanoamericana (1895-1935)*. Amsterdam/Atlanta, Rodopi, 1997. 11-49.

Stepan, Nancy Leys. *"The Hour of Eugenics": Race, Gender, and Nation in Latin America*. Ithaca: Cornell UP, 1991.

Tauro, Alberto. *Clorinda Matto de Turner y la novela indigenista*. Lima: Universidad Nacional Mayor de San Marcos, 1976.

Torres-Pou, Joan. "Clorinda Matto y el ángel del hogar." *Revista hispánica moderna* 43, 1 (1990): 3-15.

Varela Jácome, Benito, "Estrategias narrativas de Clorinda Matto de Turner en *Herencia*. En Leonor Fleming y Marí Teresa Bosque Latra, eds., *La crítica literaria española frente a la literatura latinoamericana*. México, UNAM, 1993: 143-158.

Villavicencio, Maritza. *Del silencio a la palabra: breve historia de las vertientes del movimiento de mujeres en el Perú*. Lima: Flora Tristán, 1990.

Ward, Thomas. *La resistencia cultural: La nación en el ensayo de las Américas*. Lima: Editorial Universitaria, U Ricardo Palma, 2004.

HERENCIA
NOVELA PERUANA

DEDICATORIA[9]

Señor General don Nicanor Bolet Peraza[10],
Director de *Las Tres Américas*,
Nueva York

Distinguido General y amigo:

A usted debe la escritora hojas de laurel desparramadas en
América por la delicada mano de la Fama; la periodista, apoyo noble,
sin aquellas mezquindades empequeñecedoras de los hombres que, en
la glorificación de las mujeres levantadas del nivel de la vulgaridad,
ven una usurpación a sus derechos o privilegios; y la mujer, palabras
de aliento en la cruel batalla de este infortunio que se llama vida.

En pago de esa triple deuda, le dedico este libro, fruto de mis observaciones sociológicas y de mi arrojo para fustigar los males de la sociedad, provocando el bien en la forma que se ha generalizado.

El paladar moderno ya no quiere la miel ni las mistelas fragan-
ciosas que gustaban nuestros mayores: opta por la pimienta, la mostaza,
los *bitters* excitantes; y, de igual modo, los lectores del siglo, en su mayoría, no nos leen ya, si les damos el romance hecho con dulces suspiros
de brisa y blancos rayos de luna: en cambio, si hallan el correctivo con-
dimentado con morfina, con ajenjo y con todos aquellos amargos re-
pugnantes para las naturalezas perfectas, no sólo nos leen: nos devoran.

---

9   Este título no aparece en el original.
10   Nicanor Bolet Peraza (1838-1906), costumbrista y periodista venezolano, autor de
     muchos libros y editor de la revista *Las Tres Américas* de Nueva York (1890-1900).

Usted que ha sabido ganarse puesto tan brillante en la República de las Letras, no desdeñará en compartir del triunfo o de la censura que estas páginas provoquen para la que, con dulce frase, llama usted "hermana del corazón".

Por todo eso, coloco el nombre de usted en la portada de *HE-RENCIA*.

Clorinda Matto de Turner

Rebautizo

Señores Editores:

Vengo a hacer una modificación en los originales que entregué a ustedes con el título de *Cruz de Agata*.

Algunos creen que el nombre poco o nada significa en las obras y en las personas, con tal de que ellas reúnan verdaderos méritos; y esto es errado. En la vida real, el nombre importa el éxito. Conozco persona dotada de las mayores perfecciones morales y físicas mirada con desdén sólo porque se llama Mariano. En cambio existe un *Cuatro-dedos* que sin más que ser Cuatro dedos hace que la gente abra los ojos y la boca para conocerlo, verlo, oírlo y hasta palparlo. Tengo amigos cuya fortuna sonríe por el nombre, como Dalmace Moner, Minor K y otros.

En las mujeres la cuestión de nombre es asunto grave, sin que entre en mi regla el estragado gusto de aquél que dijo:

Lo que más me encanta y me enamora,
Es tu nombre, dulcísima Melchora.

Ni la del otro que desdeñando Stela prefirió Isidora, sólo por ser él caviloso como un revolucionario de fatales empresas y decirse a cada momento *¿I si dora* mi fortuna?

Llamarse Aurora una dama de ochenta Navidades, es algo que huele a flor marchita en agua.

Concretándome a las obras literarias, tan bellas en el mundo de las creaciones del arte, como las flores en el reino vegetal y las mujeres en la existencia humana, el nombre salva casi siempre la dificultad hiriendo el oído del lector y asegura la circulación, ya entre la gente que perfuma las manos con esencia de Chipre, ya entre aquélla que usa sólo el jabón de dos centavos envuelto en amarilloso papel de italiano.

Cruz de Agata es nombre demasiado poético, dulce y hasta consolador con los espirituales consuelos cristianos para esta hija mía, que, lejos de reunir la palidez romántica, la flexibilidad de las aéreas formas limeñas que llevan el pensamiento al azul de los cielos, ha salido con todo el realismo de la época en que le cupo ser concebida; con toda la aspereza de epidermis y el olor a carnes mórbidas, llenas, tersas, exhibidas en el seno blanco y lascivo que si bien, y sólo a veces, convida al hombre pensador a reclinar en él la frente, como en nido de plumones de cisne, en cambio, casi siempre, parece estar hablando del pecado a los hombres vulgares.

No quiero que con mi libro escrito para señoras y hombres, sufra ninguna señorita el chasco de la devota que fue al templo llevando *La Caridad Cristiana*[11] de Pérez Escrich[12]. Pongan ustedes en los originales *Herencia*, que si con ello no alcanzo a decir mucho de lo que digo en el libro, por lo menos algo significará para mis lectores acostumbrados ya al terreno en que suelo labrar, y a la dureza de mi pluma[13].

LA AUTORA
Lima, enero 26 de 1893

---

11   *La Caridad Cristiana*: no se trata de un devocionario como parecería sugerir el título sino la segunda parte del drama *El cura de aldea* (1858), una novela histórica.
12   *Pérez Escrich*, Enrique (1829-1897) Escritor y dramaturgo español, conocido por sus "novelas por entregas" de intención cristiana y moralizadora.
13   La edición de *Indole* en 1891 anunciaba, "para entrar en prensa", la novela con el título de *La cruz de ágata*. Finalmente la autora prefirió *Herencia*.

I

Anudó el lazo de las cintas de la gorra de calle, se miró al espejo y salió acompañada de la joven.

El bullicio de los carruajes y del transitar de las gentes iba subiendo de punto en la plaza principal y calles de Mercaderes, Espaderos, Boza[14], todo el trayecto, en fin, que conduce al palacio de la Exposición[15].

Los obreros comenzaban a sacudir las chaquetas de Vitarte[16] para cambiar la mugrienta blusa blanca y el calzón manchadizo y remendado y recontaban los billetes del jornal para dejarlos en las pulperías[17] cuyas puertas se iban llenando de parroquianos, al propio tiempo que los mostradores se cubrían de copitas ya amarillas, ya blan-

---

14   calles de Lima.
15   *Palacio de la Exposición*: inaugurado en 1872 durante el gobierno de José Balta en ocasión de la Exposición Industrial Internacional de Lima. Proyectado en el estilo neo-renacentista su construcción en hierro era revolucionaria para la época. Durante la Guerra del Pacífico, el edificio sirvió primero de hospital de sangre para las tropas peruanas y luego de guarnición chilena.
16   *Vitarte*: en el antiguo poblado de Ate-Vitarte, en la parte baja del valle del Rímac, hacia fines del siglo XIX se instaló una emergente industria textil que produjo un proletariado que se asentó en el Barrio Obrero. Desde entonces la zona mantuvo durante muchas décadas una característica particular como centro político, cultural, deportivo y gremial.

quizcas, con cascarilla[18], puro de Ica[19] o anisado[20] de la Recova[21].

El sol próximo a sumergirse en el mar vecino, como un ascua esférica extendió los arreboles que, cual nubes de topacio, envolvían los minaretes de los edificios, reflejando rayos candentes en los cristales de los balcones, formando luego en el horizonte, hacia el mar, un verdadero incendio, mientras que la brisa de la tarde, cargada de sales marinas, comenzaba a llegar con gruesas ondas desde las playas chalacas[22], a la vez que parvadas de golondrinas con sus negras, aterciopeladas alas, describían, casi rozando las veredas, círculos y zig-zags, juguetonas, burlándose de la multitud, acercando sus cuerpecillos hacia el hombre y mofándose de él, tan presto elevando el vuelo a los alares de los balcones que con las celosías levantadas por mitad de la medida dejaban ver, también a medias, el alegre rostro de una limeña de ojos relampagueantes con la inconciente lujuria del clima.

Lima, la engreída sultana de Sud-América, celebraba ese festín cotidiano del crepúsculo cuando, a la caída del sol de verano el olfato se embriaga con los perfumes del jazmín, de la magnolia y las begonias de hojas aporcelanadas, hora en que, cuando rige el verano, los habitantes que han permanecido en casa durante el día, cubiertos con ropa blanca y ligera, se lanzan a la calle en pos de emociones fuertes o a reforzar el hormigueo humano, ya sea del comercio, ya de las tabernas aristocráticas frecuentadas por los caballeros que saborean los *cocktails* y los *bitters* a expensas del *cachito*[23], sacudido con igual fe y entusiasmo en los figones democráticos por el jornalero, el hombre mugriento, el mulato de pelo pasa[24] y ojos blancos que derrocha el cobre[25] del salario en la copa de a dos centavos.

El coche número 221 del ferrocarril urbano que recorre de subida las calles de San Sebastián, Concha y todo el jirón[26] que da la vuelta en Hoyos, acababa de pasar por Plateros de San Agustín, repleto de pa-

---

17   *Pulpería*: local de expendio de bebidas.
18   *Cascarilla*: bebida obtenida de la maceración de la cáscara de la nuez del cacao en aguardiente; como infusión es un sustituto barato del café.
19   *Puro de Ica*: denominación del Pisco producido en los valles de Ica, Perú.
20   *Anisado*: aguardiente dulzón saborizado con anís.
21   *La Recova*: antiguo edificio sobre la Plaza Mayor de Lima que aún hoy alberga un mercado popular.
22   *Chalaca*: de la zona del *Callao*, *Chalaco* es palabra derivada del quechua *challahaque*, persona dedicada a la pesca.
23   *Cachito*: (loc.) chicha fermentada de maíz.
24   *Pasa*: (metáf.) el cabello corto y rizado de los negros.
25   *Cobre*: (metáf.) poco dinero, por la moneda de baja denominación.
26   *Jirón*: (Perú) calle.

sajeros que, curiosos y ávidos, fijaron la mirada en las vidrieras de la casa Broggi Hermanos.

¡Cómo deslumbraba allí la obra del arte aun al más indiferente consumidor de objetos de lujo!

Magníficos barros rivalizaban con el bronce vaciado, el níquel trabajado a martillo, el mármol y la filigrana, multiplicándose entre lunas de Venecia junto a los jarrones del Japón, flores de porcelana, trepadoras de jebe [27] y de cuero, miniaturas de carey, de ámbar, de sándalo y de oro.

Aquella mañana don Jorge había dicho al dependiente de las ventas por menor:

—Haz que todo entre por los ojos, deslumbra a los compradores, no olvides que estamos en las vísperas del Carmen [28].

Y el amable Paquito, cumpliendo la consigna del principal, fue más allá de los cálculos, proponiéndose enloquecer a los compradores, arreglando las vidrieras con gusto sin rival y dejándolas convertidas en una tentación positiva, no sólo para los que tuviesen una Carmen a quien obsequiar en el día de su santo, sino para todos los que pasaban por la puerta, tanto que muchos de aquellos que acudían al bazar con el meditado propósito de gastar sólo veinte centavos en un *bitter*, terminaban por abrir una partida más en la cuenta corriente o por abrir la cartera de cuero de Rusia [29] con iniciales doradas y dejar sus billetes de cincuenta y hasta quinientos soles [30] en aquel bazar de las delicias, que así vende objetos de fantasía femenina como venenos para el paladar masculino.

En la vida real, según las circunstancias del hombre, llámase placer, así el salir de estos bazares con la razón perturbada, como gastar todo el sueldo del mes en un objeto de lujo que vaya a ostentarse en la exhibición de los regalos de cumpleaños asegurando, tal vez, la gratitud de la mujer preferida, o quizá sólo fomentando la vanidad mujeril.

Dos jóvenes que salían de este *bebedero* o *chuping-house* [31] enjugándose los labios con relucientes pañuelos de seda, se fijaron atenta-

---

27 *Jebe*: caucho natural (Hevea brasiliensis). *Jeve* en el original.
28 *El Carmen*: día de la Virgen del Carmen, entre el 12 y el 16 de Julio, celebración religiosa muy importante en Perú.
29 *Cuero de Rusia*: cuero de becerro teñido, curtido con cortezas de sauce, álamo y alerce, de acabado liso y adobado del lado de la carne con una mezcla de aceite de alquitrán de abedul, lo que le otorga un olor característico. Se utiliza para confeccionar objetos de gran calidad.
30 *Soles*: el dinero peruano.
31 *Chuping house*: (neologismo irónico) local de despacho de bebidas, del peruanismo *chupar* "beber alcohol en exceso".

mente en las personas que pasaban en el tranvía, siguiendo instintivamente la misma dirección del coche que se detuvo en la esquina de la
cigarrería de Cohen, y bajaron dos mujeres que arreglando esmeradamente las faldas ajadas por el apiñamiento de gente, siguieron hacia
Mercaderes, con rumbo a los Portales, recorriendo el centro activo del
comercio donde la elegancia femenina compra sus telas de lujo.

Vestía la menor, princesa[32] gris perla con botones de concha madre,
sombrero negro con pluma y cintas de *gros*[33] lila, ceñido el talle no con
la rigurosa estrechez del corsé que forma cintura de avispa, sino con
la esbelta sujeción que determina las curvas suavizando las líneas y presentando las formas aristocráticas de la mujer nacida para ser codiciada
por el hombre de gusto delicado, del hombre que, en el juego de las pasiones, ha alcanzado a distinguir la línea separatista entre la hembra
destinada a funciones fisiológicas y la mujer que ha de ser la copartícipe
de las espirituales fruiciones del alma.

Las diminutas manos de la dama del sombrero estaban enguantadas con los ricos *cueros* de la casa de Guillón, rivalizando con los
enanos pies aprisionados en dos botitas de *Preville* de tacones altos y
punta aguda.

La segunda mujer correspondía a aquella clase de personas dis-
tinguidas cuya hermosura se acentúa en la plenitud de los treinta años.
Alta, delgada, su tez tenía esa blancura de la azucena, que, lejos de revelar la pobreza de la sangre por la ausencia de los glóbulos rojos, sólo
denuncia la existencia vivida en la sombra o bajo el influjo de la
tristeza. Llevaba con aire condal[34] el traje de *moiré*[35] y la gorra de terciopelo negro con un ligero cintillo de cordón de oro sujeto en su
remate por una flechita también de oro.

La esquina de la cigarrería de Cohen estaba invadida, como de costumbre, por una multitud de pisaverdes[36], unos de la verdadera y otros
de la hechiza aristocracia limeña, multitud que formaba casi tumulto
en medio de galantes frases lanzadas a quemarropa a cuanta mujer
acertaba a pasar por allí, y a este grupo se juntaron los dos jóvenes sa-

---

32   *Princesa*: prenda de vestir de una sola pieza, que marcaba la figura, aparecida a principios
     de la década de 1870, su nombre es en honor de la princesa Alejandra de Dinamarca
     (1844–1925), luego reina de Inglaterra junto a Eduardo VII. Es un detalle de moder-
     nismo ya que lo común en la época era el estilo polisón (prenda interior consistente en
     una almohadilla colocada sobre el trasero, para realzarlo) con faldas y sobrefaldas con
     vuelos y encajes, que continuó hasta los años 1890, fines del s. XIX.
33   *Gros*: tela fuerte y gruesa de hilado fino. Puede ser deseda o algodón sedado. Se usa en
     cintas y en tapicería fina.
34   *Aire condal*: relativo al título de conde; actitud aristocrática.
35   *Moiré*: tela de seda que produce al reflejo aguas u ondulaciones visuales.
36   *Pisaverde*: presumido y afeminado.

lidos de donde Broggi, notables por la corrección de su vestido, cortado y cosido en los talleres de Bar, y por un clavelito sujeto en el ojal de la levita.

Enrique de la Guardia y Carlos de Pimentel, que desde antes examinaron a los pasajeros del tranvía y distinguieron a las damas que bajaron, diéronse un codazo, señal si no convenida por lo menos conocida entre los catadores de buenas láminas para casos análogos en que se trataba nada menos que de descubrir la procedencia de bellezas nuevas en el mercado del amor. Sin otro preámbulo, se lanzaron en seguimiento de las desconocidas cuyo tipo interesó vivamente el nervio de la conquista desde temprano desarrollado en ellos.

Las damas fueron deteniéndose en el trayecto de Mercaderes, escogiendo en los almacenes de Guillón, Pigmalión, etcétera, guantes, abanicos, flores, perfumes, encajes, y cuanto es necesario para el tocado de personas que han de presentarse en los salones de la refinada sociedad. Ellas escogían, pagaban y salían, dejando a la solicitud del comerciante el envío de las cajas.

Esta lentitud de romería dio lugar a que Carlos y Enrique alcanzasen a las desconocidas situándose a la salida de uno de los almacenes y siguiéndolas después a retaguardia, paso por medio, tan cerca que podían escuchar perfectamente la conversación sostenida entre ambas, siendo nuevamente cautivados por el dulcísimo timbre de voz que, así en la joven como en la dama de treinta años, parecía un distintivo de familia con abolengos celestiales; lo que era mucho decir en esta época de materialismo helado y realismo crudo.

Ellos gozando con el oído y la vista, ellas absorbidas por sus compras, llegaron a las puertas de Pellerano Pilloto donde se detuvo la señora del vestido negro para decir a su compañera:

—Aquí encontraremos, de fijo, las confecciones de plumón que necesitamos para la salida del baile.

—¿Pero a qué tanto gasto, mi querida Lucía, para una sola vez? —dijo la más joven, y notando en aquel momento la presencia de Carlos y de Enrique, tiñó de grana sus mejillas ruborizada de que la hubiesen escuchado semejante observación.

—Es necesario, Margarita mía. Las de Aguilera son personas muy rumbosas, allí estarán las de Bellota, las Mascaro, las Rueta, las López todas, y si yo condesciendo en que asistas a un baile no ha de ser para que vayas de cualquier modo expuesta al repase de vista[37] que las limeñas usan con las que llegan al salón. Ya me verás también salir de mis hábitos.

Calló la señora entrando resueltamente en el almacén y adelantándose hacia los mostradores con el aire seguro de la persona que llega a gastar.

—Las de Aguilera… ¿has oído? —interrogó Carlos de Pimentel a su compañero, y en voz baja continuó este diálogo:

—Sí chico; así es que sin pérdida de minutos vamos a conseguirnos unas invitaciones.

—Soy amigo de Clemente Contreras, primo segundo de Carmencita, y por medio de él…

—¡Quia! me parece que Oterito es ahijado de Policarpo, amigo íntimo de las Aguilera: yo voy a valerme de él.

—Segurísimo —dijo Enrique de la Guardia disponiéndose a partir, examinando la limpieza de sus uñas criadas en forma de plumas de palotes[38], mientras que Pimentel jugando con los dijes pendientes de la cadena del reloj se decía: —El *caso* más seguro es regresar donde Broggi, comprar una chuchería, enviarla a la del santo con una tarjeta y… ¡zas! la respuesta será la deseada invitación.

Lucía y Margarita se encontraban con un castillo encantado, compuesto de cajas, cintas, *guipures*[39], confecciones deslumbradoras, trasladadas como por ensalmo de los estantes a los mostradores por multitud de manos masculinas y colocadas con estudiada simetría.

En la puerta flotaban como banderas mantillas de encaje, de a dieciocho soles, con su brevete puesto en letra negra sobre pedacitos de cartón; flotaban pañolones de Smirna, piezas de género de diversos colores, combinados por los dependientes con el mismo esmero con que el paisajista deslíe el color en la paleta y dibuja cuadros de maravilloso matiz. Al pie de las piezas de tela que empavesaban las puertas del almacén estaban los bustos de cera, mostrando con seriedad inglesa las novedades de la casa, confecciones, gorras, chaquetas, y al lado los escaparates de cristal, de gran tamaño, con flores, abanicos, chucherías que con sus brillantes colores avivaban más el reflejo de las instalaciones detrás de los vidrios, atendidos con una limpieza extraordinaria.

---

37   *Repase de vista*: escrutinio cuidadoso.
38   *Pluma de palotes*: elemento de escritura de punta ancha, para quienes recién se inician
39   *Guipures*: tela de encaje inicialmente de dos cabos de seda, pueden ser de tres o más cabos; existen variaciones de carácter local confeccionadas en España, Francia e Italia. La característica común es que una hebra reviste las otras de forma que éstas no se vean.

En suma, aquel almacén era, desde la puerta, una serie de sorpresas que narcotizaba a las mujeres, las engañaba como a tiernas criaturas, y haciéndolas perder todo juicio, las obligaba a dejar el presupuesto de la casa, resignándose con verdadero heroísmo al ayuno del estómago.

¿Qué importaba, empero, el enflaquecimiento, la debilidad física, la tisis matadora, si a ella la veían sus amigas en los parques y paseos, ostentando las novedades de última importación de los almacenes gigantes?

Esa era la resignación heróica de la mayoría de las mujeres; pero en las actuales compradoras predominaban sentimientos bien diferentes al deseo de aparentar ante el mundo luces de Bengala, cuando en casa sólo hay noche lóbrega y eterna.

Lucía y Margarita se encontraban casi mareadas por la fecunda labia de los dependientes y la estudiada amabilidad del principal que no se cansaba de repetir:

—Créame usted, señorita, a nadie vendo en este precio, con ustedes hago una excepción; verdaderamente, le juro que pierdo plata en estos plumones.

II

Don José Aguilera emparentado con los Aguilera de Valencia, de Málaga y de Madrid, fue militar en los primeros años de su juventud y alcanzó hasta el grado de Sargento Mayor de Caballería; retirado del servicio merced a su matrimonio, por asalto de honor [40], con doña Nieves Montes y Montes, oriunda de los Montes de Camaná, cuya dote respetable ofreció cómodo vivir al señor de Aguilera, bien que a trueque de la pérdida de su libertad; porque, en la casa, doña Nieves era el sargento y don Pepe el cabo, como él mismo solía decir cuando acrecían las grescas conyugales y don Pepe confesaba paladinamente [41] que casarse era suicidarse, asegurando que fue sabio de tomo y de lomo [42] el que dijo que el matrimonio era la tumba del amor y la cuna de los celos, de las impertinencias y del hastío.

Doña Nieves en las escasas horas de reposo que siguieron a su necesario enlace con Aguilera, había oído leer a su marido algunas páginas de la historia de los Girondinos [43]; y por aquella intuición ima-

---

40 *Por asalto de honor*: a causa de que la novia quedó embarazada.
41 *Paladinamente*: en forma pública, sin tapujos.
42 *De tomo y lomo*: expresión para significar algo o alguien muy "completo", proviene de la imagen gráfica de un libro, refiriéndose a la extensión (lomo) y al cuerpo o volumen (tomo).
43 *Historia de los Girondinos*: obra histórica del escritor francés Alphonse de Lamartine (1790-1869). Ensalza al partido político fundado durante la Revolución Francesa (1789-

ginativa que prevalece en el organismo de la mujer, se había enamorado del tipo de Camilo Desmoulins[44].

—Eso de ir al cadalso estrujando entre los dedos la guedeja de
rubios cabellos de la amada, es cosa que conmueve, Pepe mío. Si Dios
nos da un hijo en esto que llevo en el seno, ha de llamarse Camilo
–había dicho la primeriza, pero eso que llevaba resultó ser una niña,
que nació el 16 de julio y aunque la madrina se empeñó en nombrarla
Carmen, prevaleció la preocupación de la madre y fue bautizada con
los dos nombres de Carmen y Camila, triunfando este último para el
uso de familia. Después vino otra niña que se llamó Dolores, tal vez
en memoria de que el matrimonio había entrado en la plenitud de de-
sacuerdo. De modo que, a la fecha, la familia Aguilera constaba, a más
de la cara mitad y la servidumbre, de las dos hijas, buenas muchachas,
llamadas a la felicidad sin la intervención de la madre, que era la hija
legítima y predilecta de la vanidad y del orgullo.

Engolfada en el principio de que no hay caballero más poderoso
que don Dinero, aspiraba a casar a sus hijas con personajes acauda-
lados; y a este fin obedecía su empeño en dar tertulias frecuentes, siendo
la de nota la del 16 de julio, en que cumplía años Camila, a la sazón entrada en sus dieciocho primaveras, vividas bajo una atmósfera incali-
ficable, porque doña Nieves había hecho en su hogar una mezcolanza
de lo profano y de lo místico. A la par de su orgullo ostentaba, tal vez
sólo por darla de aristócrata conservadora, un misticismo en grado sin-
gular, y de aquí nacía la razón de que ella y sus hijas perteneciesen a
todas las sociedades de *Pobres*[45], de *Adoratrices*[46], de *Contemplativas*[47],
de *Dadivosas*[48] y de *Arregladas*[49], sin que ello fuese motivo de menoscabo
para las tertulias nocturnas de fin de semana.

Al señor Aguilera poco le gustaban esas reuniones de forma aparatosa,
en que a la par se quiebran las copas de vino y la honra de las damas.

1799), conformado por republicanos de clase media inspirados por el reciente gobierno
de Estados Unidos. Partidarios de la burguesía ilustrada, defendían el sufragio censitario
y propugnaban una monarquía constitucional en oposición a propuestas políticas más
radicales. Muchos de ellos perecieron, víctimas de la guillotina durante la "época del
Terror" en 1793 cuando el gobierno francés quedó en manos de los Jacobinos.

44   *Camilo Desmoulins*: (1760-1794) periodista y revolucionario francés, diputado de la Con-
vención, abogó por el fin del Terror. Secretario de Danton, a la caída de éste en 1794 fue
ajusticiado por orden de Robespierre.

45   *Sociedad de Pobres*: (ficticio) asociación de damas de beneficencia.

46   *Adoratrices*: Congregación de Adoratrices Esclavas del Santísimo Sacramento y de la Caridad, fue fundada por Santa María Micaela en Madrid, España, en el año 1856, dedicada
a la enseñanza y obras de caridad.

47   *Contemplativas*: Orden religiosa fundada por Santa Teresa de Jesús.

48   *Dadivosas*: (ficticio) generosas.

49   *Arregladas*: (ficticio) Una mujer arreglada es una que se confiesa regularmente y que toma
muy en serio sus deberes religiosos.

Alguna vez se atrevía a decir en el suave tonillo de militar retirado:

—Mira, Nieves, que a tus hijas no las estás educando para madres de familia y madres de ciudadanos: mira que el oropel envenena el corazón...

—¿Y usted qué sabe de sociedad, mi amigo? Sabría usted mandar soldados de caballería en su mocedad, y aquí nadie endereza lo que yo hago con mi dinero, con mis hijas, en mi casa.

Don Pepe daba una vuelta en silencio buscando el tablero del chaquete [50] y acomodaba las fichas mientras llegaba don Manuel Pereira, su compañero, con quien se sentaban frente a frente y, entre quinas y ases al tres, se desvanecían las altaneras palabras de doña Nieves.

Después de la segunda partida, generalmente se entregaban a la política, entreteniéndose en organizar ministerios femeninos; pues Pereira aseguraba de buena fe que en el país estaban perdidos y corrompidos los hombres y que quizá le iría mejor a la patria echándose en brazos de las mujeres.

—Doña Chepa Arias, mi amigo, es un genio, verdaderamente un genio. Yo le daría, sin reparo, la cartera de guerra —opinaba el señor Aguilera, apoyando a su colega y limpiando sus lentes.

—Para Hacienda, Pepe, ahí tienes a tu mujer, sí señor, que no huele ni pizca a consolidación, ni a guano[51], ni a salitre[52], ni a Dreyfus[53], ni a demontres; porque tú, en tu vida política, nada has tenido que ver con esos menjurjes[54].

—Eso sí, la verdad, que... virgen estoy, Manongo.

Estos castillos en el aire caían generalmente a la llegada del primer contertulio o de alguna de las niñas que hacía girar el banquito del piano, abría el rico mueble de blanco teclado, y regalaba el oído de los

---

50 *Chaquete*: juego de mesa, backgammon
51 *Guano*: excremento de aves marinas que era utilizado como principal fertilizante de las agriculturas de países como Inglaterra y Francia. A mediados del siglo XIX la explotación del guano tenía gran importancia para la economía del Perú y eran conocidas las irregularidades en su manejo y administración, como la especulación de este producto y su subvaloración en operaciones de exportación para evadir impuestos, también los contratos de explotación eran sospechados de corruptela, aún antes del muy discutido Contrato "Grace" celebrado en 1889 por el gobierno peruano para pagar la deuda externa contraída con los ingleses a causa de la Guerra del Pacífico.
52 *Salitre*: nitrato de soda, mineral que era exportado a Estados Unidos y países europeos especialmente Francia, Inglaterra, Alemania e Italia. Su importancia económica era similar al guano, y su explotación era sospechada de similares desmanejos.
53 *Dreyfus*: se refiere al llamado contrato Dreyfus de venta del guano al extranjero, similar al "Grace" firmado por el gobierno del coronel José Balta Montero y la casa francesa Dreyfus & Hnos. el 17 de agosto de 1869 y aprobado por el Congreso el 11 de noviembre de 1870 en un clima de protestas por parte de los capitalistas y consignatarios peruanos quienes quedaban afuera del negocio.
54 *Menjurjes*: (despectivo y fam.) menjunje, mezcla incoherente de diversos ingredientes.

viejos con algunos aires de Strauss [55].

La casa que habitaba la familia Aguilera correspondía al número 104 de la calle Redonda[56] y en estos momentos estaba convertida en un paraíso de delicias. Capella Hermanos había contratado la cantina, el decorado y todo el servicio, que un ejército de criados dejó expedito bajo la dirección del socio más caracterizado.

Los corredores y el patio principal, transformados en jardines, despedían un aroma embriagador que, a la luz de los quemadores de gas resguardados con bombas de colores caprichosos, formaban como una atmósfera densa de luz y perfumes que, esparcida en los salones, preparaba los sentidos para las impresiones fuertes en aquellos regios salones donde, por mero lujo, se habían preferido las bujías, cuyo número era duplicado y centuplicado por los espejos que cubrían casi las paredes, dejando apenas pequeños claros para distinguir el papel de oro y grana con grandes cenefas, formando contraste con los tapices del techo en que complicados dibujos se destacaban sobre el fondo grana; salones orientales con alfombrados suavísimos donde los piececillos calzados de raso blanco iban a resbalar, como perlas sobre la superficie de un lago.

Un lienzo, retrato al óleo de la señora de Aguilera, ocupaba la cabecera.

En un ángulo del salón estaba el *bazar codeo*[57] donde se exhibían todos los regalos de cumpleaños de los devotos de la casa. Allí el verde, el amarillo, el rosa, el bermellón, hacían prodigios de paisaje en el conjunto de tanto objeto de arte.

El reloj de bronce y mármol acababa de dar las nueve campanadas de la noche.

Todo quedaba en su lugar y don José Aguilera, con sus sesenta años encima, rechoncho, correctamente vestido de frac y corbata blanca, pasó por octava vez su blanco pañuelo por sobre sus lentes montados en oro, cabalgándolos sobre su ancha nariz, y se puso a examinar los detalles de la compostura del salón de descanso, del principal destinado al baile y del apartado para la orquesta, donde los músicos comenzaban a acomodar atriles y papeles.

---

55   *Strauss*: familia de músicos y compositores austriacos. Johann (1804-1849) padre de los demás, Johann Jr. (1825-1899), Josef (1827-1870) y Eduard (1835-1916). Son famosos sus valses y polkas.
56   La propensión de encontrar parecidos personales en las obras del género de la presente, obliga a mencionar algunas calles con nombres imaginarios.[Nota de la Autora]
57   *Bazar codeo*: referencia irónica al ambiente apretujado (bazar) y a las observaciones disimuladas (codeos).

Eran las once de la noche cuando empezaron a detenerse los carruajes en la puerta de la casa y los convidados a invadir los salones que, desde la calle, deslumbraban la vista. La orquesta dio el último *sí* en la afinadura del instrumental y en los espacios resonó la hermosa obertura de *La sonámbula*.[58]

---

58   *La sonámbula*: Ópera en dos actos con música de Vicenzo Bellini (1801-1835).

III

E l almacén fronterizo a la puerta de calle de la casa número 104 era una pulpería administrada por Aquilino Merlo, ciudadano nada menos que de la ciudad eterna[59], que había quemado pólvora por Víctor Manuel [60] en las filas de Garibaldi [61], y así odiaba al Papa como adoraba a las mujeres de alta jerarquía y de palmito [62] tentador, encontrando, allá en los mirajes inconmensurables y miste-

---

59   *Ciudad eterna*: Roma

60   *Victor Manuel*: se refiere a Vittorio Emmanuele II (1820-1878) descendiente de Carlos Alberto de Saboya, desde 1849 rey de Cerdeña. Su objetivo fue la unificación italiana, para lo cual se alió con Francia e Inglaterra contra Austria. En 1861 abandona la corona de Cerdeña para proclamarse rey de Italia.

61   *Garibaldi*, Giuseppe (1807-1882) político y aventurero italiano. Formó parte del movimiento de la Joven Italia de Mazzini. En 1843 fracasó en su intento de rebelión en Génova, por lo que se vio obligado a huir a Sudamérica. Luchó entonces contra Pedro I Emperador de Brasil y, tras pasar a Uruguay, participó en las revueltas contra Oribe. Vuelto a Italia, al frente de su Batallón de la Muerte emprendió numerosas batallas a favor de la independencia de los reinos y territorios italianos, ocupados por las potencias extranjeras. Con apoyo francés, intervino en la guerra contra Austria, y en la toma de Nápoles. Como Francisco II rey de las Dos Sicilias se había refugiado en el Vaticano, Garibaldi se propuso atacar aunque su intento fue frenado por Víctor Manuel y su ministro Cavour. El revolucionario reconoció a Víctor Manuel como rey de Italia, lo que provocó una moderación por parte de los seguidores de Garibaldi, aunque él mimso, a pesar del respeto al monarca, mantuvo su postura anticlerical y su enfrentamiento con el Papa, al que consideraba un obstáculo para la unificación de Italia.

62   *Palmito*: (fig. y fam.) rostro (de mujer).

riosos de la vida, un algo desconocido pero que le atraía en sentido que él mismo no podría definir jamás.

Aquilino llegó a las playas del Perú en compañía de otro italiano amigo suyo, a la sazón propietario de la pulpería que administraba, quien le dijo con el aplomo de la experiencia:

—*¡Eh! se quere contare oro, comenza per rallare queso Palmesano* [63].

Pero el ex-garibaldino tenía su alma fija en aquellos mirajes desconocidos que le daban íntimas fruiciones acariciadas en el fondo del corazón, y si se resolvió a vivir tras el mostrador de aquella pulpería conocida con el nombre de "La Copa de Cristal", fue a condición de retirarse en el momento que él creyese necesaria su libertad; y mientras llegaba la hora precisa, desempeñaba la *dependencia* [64] con recomendable asiduidad.

Acababa de preparar, en una tabla del mostrador, la masa para los tallarines verdes, teñidos con zumo de acelga, que tanta clientela daban a "La Copa de Cristal", y limpiaba con un cuchillo de cacha de hueso los restos de masa adheridos a la tabla.

—A ver, ño Aquilino, *espache usté* un centavo de fósforos *e* palo, un centavo de vela, cuatro centavos de pan frío y una *boteya* de *anisao* –dijo una morena que, al entrar, puso sobre el mostrador una botella vacía y un billete de a sol.

—¡Hola, ña Espíritu! –respondió el pulpero dejando el cuchillo y comenzando a sacar los pedidos por orden.

—¡Ajá! ¿allá habrá casamiento, eh? –preguntó Espíritu dando media vuelta hacia la puerta y señalando la casa del frente, que brillaba con el espléndido centello del sarao, del placer y de la fortuna.

—No es casamiento, doña Espíritu, es cumpleaños de la niña Camila y por eso dan baile; así me dijo hoy el mayordomo.

—¡Hola! ¡Y qué preciosa que está la ña Camilita! Dios me la guarde.

—Sí, que la guarde Dios. Está hermosa como las vírgenes de mi país, de comérsela —observó el italiano, colocando el embudo en la botella donde iba a vaciar el anisado.

—Y *cuidao*, pues, ño Aquilino, que aquí muchos que han *venío* con su cara y sus ojos de *usté* se han *subío* al trono –dijo riendo Espíritu, levantando al mismo tiempo la caja de fósforos y la velita de sebo en-

---

63	Frase "cocoliche", mezcla burda de italiano y español.
64	*Dependencia*: (neolog.) tarea del "dependiente", atender a los clientes en las tiendas.

vuelta en papel amarillo, y fijando su mirada intencionada en el rostro del vendedor.

Aquilino sonrió también, pero con una sonrisa extraña, chispeáronse los ojos, y el corazón dio un vuelco en el pecho. Alcanzó la botella encorchada a Espíritu y, tirando de la perilla del cajón del mostrador, comenzó a escoger algunas monedas de cobre para dar el *vuelto*[65]; y lanzando un suspiro al tiempo de entregar las monedas, repuso:

—Pudiera sí... pudiera no... doña Espíritu... si *usté* me ayuda.

—Despache dos centavos de azúcar, dos centavos de pan, una velita de a centavo, dos centavos cigarros de la Corona y medio pisco –dijo un negrito, como de diez años, vestido de percalina azul a rayas blancas, que entró y puso sobre el mostrador un pomo vacío de Agua Florida y una peseta en plata.

—Buena se la deseo, ño Aquilino, que de menos nos hizo mi Amo y Señor de los Milagros; buenas noches –contestó Espíritu, mirando de soslayo al rapaz que compraba y, escondiendo la botella debajo la manta de iglesia que llevaba embozada, salió de la tienda.

—Buenas noches –dijo también Aquilino Merlo, despidiendo a Espíritu, sin dejar de atender con jovialidad al negrito que, después de repasar lo pedido agregó:

—Una *nuecita*, casero[66]...

—Toma, y no te empache –observó el tendero, alcanzando dos nueces al cliente *azabachuno*[67], que partió contento como una salva.

Aquilino recogió la peseta que soltó al cajón de ventas por una ranura abierta en el mostrador, y fue a cerrar la puerta de la tienda dejando expedita para el despacho sólo una pequeña ventanilla.

—Ese diablo de mujer que todo lo adivina... –pensó, e instalado frente a la ventanilla, sentado en una silleta sin espaldar, con las piernas abiertas, las manos empuñadas puestas sobre la madera que quedaba entre pierna y pierna, se entregó a pensamientos gigantescos por lo audaces.

Las palabras de Espíritu revoloteaban en su cerebro como moscas de Milán[68], picándole aquí y allá, hasta producirle la desazón calentu-

---

65   *Vuelto*: dinero sobrante que se devuelve en sencillo a la persona que, al hacer un pago, entrega una moneda o billete de alta denominación. En cursiva en el original porque para la época era un peruanismo ya que en España por ese entonces se decía "vuelta".
66   *Casero*: (vulg.) tratamiento al dueño del establecimiento, equivalente a "patrón".
67   *Azabachuno*: (neolog.) con características (color) de azabache, mezcla de carbón mineral y material orgánico, duro, de color negro y posible de ser pulido.
68   *Mosca de Milán*: también conocida como *Mosca de España*, o *Cantárida* (lytta vesicatoria) se trata en realidad de un escarabajo que segrega *cantaridina*, una sustancia irritante y tóxica con antigua fama de afrodisíaco.

rienta que determina los grandes crímenes, los heroísmos, o las simples infamias ejecutadas en el momento patológico.

Con rapidez fantasmagórica pasaron ante sus ojos cien escenas aventureras en que él tomó parte para probar fortuna, y recordó haber estado a bordo como cepillador del entrepuente[69], en Montevideo como agente de una casa de inscripción, en Buenos Aires de apuntador en la fábrica de aserrar madera, y hasta de agente de asuntos secretos; pero esa buena estrella que el anhelaba ver en el cielo jamás brilló. En las horas acibaradas se levantaban en su alma los resabios de las doctrinas de sus abuelos, presentándose en forma de duda y de vacilación.

—Será que en algo influya en mi mala suerte el haber peleado contra el Papa… ¡*Per Dio* Santo… y Garibaldi y Su *Magestá*!

Y volvía a sus exaltaciones del odio político-religioso; y luego, con sonrisa que dejaba entrever los triunfos del macho, sin la cautela del hombre, repasaba en la memoria el archivo animal, donde estaban detalladas una a una las mujeres que había poseído, siempre por accidente, jamás por consentimiento deliberado; y el deseo de poseer una por voluntad, deseo que dormía en el fondo del alma, despertó sacudido por la voz de Espíritu: mejor dicho, así como la chispa que brinca del pedernal basta para encender la yesca, la pasión carnal y la codicia del dinero brotaron al roce de aquellas palabras animadoras.

—"Otros que han venido con la cara de usted, se han subido al trono" –se repetía Aquilino; y su fantasía se convertía en espejo de cuerpo entero, donde veía sus grandes ojos azules, su color róseo, sus patillas y bigote finos, sedosos, rubios, sirviendo de marco a la dentadura de porcelana: y, como dando una vuelta completa, a través de sus observaciones experimentales, pensaba en su musculatura perfecta, vigorosa, masculina, tentadora.

—¡Sí; he de gustar a las mujeres! he de gustarlas –repetía, como orgulloso de su físico, con los ojos fijos en la casa del frente cuyas luces ofuscaban la mirada, y de cuyo centro partían los acordes de la música interpretando un vals de Strauss, envolviendo la rica imaginación de Merlo en la misma vertiginosa corriente de los que adentro valsaban.

Esta situación se prolongó hasta más de la una de la mañana, hora en que Aquilino Merlo abandonó el narcotismo en que estuvo sumido durante largo tiempo. Púsose de pie, cerró con fuerza la ventanilla de

---

69   *Cepillador del entrepuente*: (metáf.) marinero raso, quien tenía entre sus tareas el lavado
       a cepillo de las cubiertas.

la puerta, apagó la lámpara de kerosene y fue a tenderse, largo a largo, en un catrecillo de fierro, sin toldilla, cubierto con colchón de paja, sábanas de madapolán[70] y cobertor de franela café listada de azul, colocado en una pequeña vivienda que servía de trastienda, cuyas paredes estaban adornadas con ilustraciones de periódicos italianos y oleografías[71] de toreros y picadores.

La oscuridad que rodeaba al hombre sólo sirvió para avivar en el cerebro la luz de la idea que, salvando el negro caos, fue de nuevo a engolfarse en los salones de don José Aguilera. Aquilino sentía que su deseo de bestia humana se agitaba con férrea tenacidad pensando en la bella Camila, probablemente virgen, fresca, nueva para el placer; llena, suave, mórbida para los sentidos.

—Anhelo tenerla sujeta en mis brazos, no para dar vueltas al son que toca la orquesta sino para sujetarla fuertemente contra mi pecho y decirla... todo... ¡guapa chica!... pero... decididamente yo siento que algo nuevo pasa en mí esta noche, ¡noche del Carmen! yo siento que algo me duele aquí, con el dolor del fierro candente –se decía, agarrándose la frente con ambas manos, mientras que en medio del silencio de la ciudad, llegaban hasta su lecho triste las oleadas del vals, el eco de las carcajadas de alegría, el sonido del corcho lanzado por el champagne, y el ruido de las copas chocadas unas con otras.

---

70   *Madapolán*: tela de algodón, especie de percal blanco de buena calidad.
71   *Oleografía*: lámina impresa a dos, tres o cuatro colores a la cual se aplica como terminación una trama imitación de tela que le otorga aspecto de pintura al óleo; era común para los afiches que publicitaban espectáculos.

IV

Espíritu Cadenas era una morena alta, fornida, de caderas anchas y brazo hombruno, pero no sólo enflaquecida, sino chorreada, consumida por la escasez de recursos a que llegó después de la muerte de la señora Ortiguera, su madrina y protectora. Sirvienta mimada de casa grande, cuando se vio en la calle, experimentó aquel terrible deslinde entre la sujeción y la libertad súbita. Le pasó lo que ocurre con la avecilla criada entre las doradas rejas de la jaula: cuando recobra la libertad en que nació, no sabe qué hacer de ella ni cómo utilizar sus alas que, por el momento, le niegan fortaleza para llegar siquiera a los alares de la casa, y el enorme espacio azul que en otras circunstancias cruzara alegre y feliz, al ligero batir de sus plumas, se convierte en el desconocido elemento que la acoquina[72], la acobarda, la entumece y, por fin, la mata.

Espíritu comenzó la nueva vida por establecer una lavandería; pero asediada en todas direcciones por los de gusto criollo, que van tras las conquistas baratas, sin más preparación para esa lucha que la débil,

---

72 *Acoquinar*: acobardar.

siempre engañada con promesas, tiene que librar con el fuerte, armado de traición, acabó como todas las de su clase acaban, por caer con el primero que despertó sus sentidos, y la dejó cuando iba a ser madre. Acometida después del alumbramiento de las tercianas[73] que abren la fosa para centenares de mujeres, vio consumirse los recursos de que disponía. No obstante, en la lucha por la doble existencia, la suya y la de su hija, apeló a varias industrias, entre ellas la de corredora de muebles viejos, y fue siempre en descenso, hasta llegar a ser tamalera[74], oficio generalizado, pero socorrido, sólo para dar pábulo[75] a la crápula[76]. Las exigencias de la nueva industria la obligaban a frecuentar la *chingana*[77] en demanda de maíz, de pasas o de manteca, que el pulpero le daba al fiado; y como consecuencia nacía la necesidad de *hacer la mañana*[78] y festejar el *San Lunes*[79], casi siempre en unión del celador de la esquina, de Cosme el *mocho*, carretero de oficio, del suertero[80] don Policarpo *leva larga*, y de alguna cocinera en actual servicio, de las que sisan[81] la carne del *sancochao*[82] para atender al *copeo* de la comadrería.

De la constancia para *hacer la mañana*, resultó que, tal cual vez, encontró Espíritu detrás del mostrador de la pulpería otra muchachilla. Cuando vino la criatura al mundo, los teneres de Espíritu estaban agotados, y fue necesario apelar a la caridad de las vecinas que habitaban el mismo callejón del Molino Quebrado[83], quienes la asistieron, lamentando muy de veras que el nuevo ser fuese femenino, ignorando por supuesto que la principal causa que la medicina reconoce para la mayor propagación de las mujeres está en el exceso de los padres que abusan del placer sin medida; y por eso, allá donde la moderación rige al amor, nacen varones robustos, moral y físicamente.

El callejón del Molino Quebrado, como todos los de Lima, está

---

73   *Tercianas*: fiebres intermitentes, que repiten el tercer día.
74   *Tamalera*: (peruanismo) vendedora de tamales, comida preparada con maíz rallado, rellena con carne de cerdo muy condimentada y que se hierve en forma de paquetes envueltos en *chala* (hojas que envuelven al maíz).
75   *Pábulo*: alimento.
76   *Crápula*: borrachera, por extensión, gente borracha y licenciosa.
77   *Chingana*: Así se llama a la pulpería, probablemente de *chincana*, palabra quechua que significa lugar de perdición. [Nota de la Autora]. *Chinkana* también se usa para denominar una caverna.
78   *Hacer la mañana*: tomar algún trago, también almuerzo chico.
79   *Festejar el San Lunes*: extender el domingo no laboral hasta el lunes por la noche.
80   *Suertero*: (loc.) vendedor callejero de billetes de lotería.
81   *Sisar*: tomar, quitar o retener una parte de algo
82   *Sancochado*: o *salcocho*, carne hervida sin sal, se usa luego como base para otros platos
83   En esta calle no existe callejón, pero el lector comprenderá las razones que la autora ha tenido para variar en este y otros casos la topografía. [Nota de la Autora]

formado de pequeñas viviendas, a derecha e izquierda, numeradas, con un solo surtidor de agua y un buzón para la limpieza, lo que hace del aseo un mito con que sueña, no sólo la portera de la casa, sino el Inspector de Higiene de la Municipalidad.

Cada callejón tiene hacia el fondo la imagen del Santo patrón de la casa, y los cuartos ofrecen la desagradable uniformidad de las celdas penitenciales: el aire que allí se respira está cargado de miasmas que tienen la mezcla *infernal* de todos los malos olores, desde la naranja en descomposición hasta las lavazas[84] que fermentan en los baldes de zinc de las que se dedican al lavado a mano.

Era martes, día aciago, terrible para la gente del pueblo que vive del trabajo de la semana, pero que mantiene el vicio de hacer el *San Lunes*.

Espíritu amanecía los martes como molida, con los ojos tristones y fríos, las fuerzas consumidas, endrogada en la pulpería, y con el ánimo resuelto, más bien a una nueva holganza que a la virtud del trabajo. Sin embargo, el amor de madre la impulsaba al bien, la obligaba a buscar el sustento y, cuando era de todo punto imposible la adquisición de medios, apelaba a la casa de préstamos, donde progresivamente iban diversos objetos que se quedaban por la décima parte del valor real, pues nunca hubo tradición de que Espíritu canjease una papeleta de empeño.

Ese día no tuvo más recurso que descolgar un cuadro en miniatura, con marco dorado, representando a Santa Mónica[85], prenda valiosa heredada de la señora Ortiguera, que fue salvando milagrosamente durante los diferentes períodos de la crisis medicante; pues aun el día del alumbramiento de la segunda chiquilla, Espíritu, anegada en lágrimas, y en medio de los dolores de la maternidad había dicho:

—Por *caridá* déjenmela… a esa Santa Mónica no, no, imposible… me castigaría el *Señó*…

Pero ahora, sea porque sus sentimientos religiosos hubiesen menguado en ardor, a medida del crecimiento de sus desórdenes, sea porque la situación era aterradora, Espíritu se resolvió a lo que nunca nadie la hubiese animado.

No dijo ni una palabra con los labios, sin duda porque pensaba mucho su cerebro. Miró primero a las dos mugrientas criaturas que

---

84 *Lavazas*: aguas mezcladas con las impurezas de lo que se lavó en ellas.
85 *Santa Mónica*: vivió en el siglo cuatro, célebre como modelo de madre cristiana. Logró la conversión de su marido y su hijo Agustín (luego San Agustín).

pedían galleta seca, se embozó la descolorida manta, descolgó el cuadro de la pared y besó la orla del manto de la Santa. En aquel momento tembláronle los brazos con un temblor nervioso que no tardó en comunicarse a todo el organismo. Espíritu creía estar cometiendo un sacrilegio: ella hubiese retrocedido espantada por la lucha que en aquel momento se trabó en su alma acongojada, pero la más pequeña de sus hijas repetía con lloriqueos:

—¡*Gayeta, gayeta*, mamá!

Y ella, con la resolución de la persona que se arroja al mar en socorro del ser amado, escondió el cuadro bajo la manta y salió.

V

El arte interpretado por Capella Hermanos en los salones de la señora Aguilera, para despertar los sentidos, comenzaba a tomar vida con el simultáneo movimiento de las parejas que llegaban. En algunos minutos más, los bruñidos espejos reproducían el seno y las espaldas desnudas resguardados por escotes de formas tan diversas como la armazón misma del físico de ellas; los róseos torneados brazos, desnudos también, apoyados sobre los hombros masculinos, excitando la codicia por la dureza de las carnes y el brillo de los brazaletes. Se duplicaban en las lunas azogadas, las parejas estrechamente unidas en el baile, pecho a pecho: los alientos confundidos, casi tocándose las frentes y los labios caldeando el cuello en las vertiginosas vueltas del vals.

Doña Nieves lucía vestido de terciopelo color heliotropo[86], cuyo escote resguardaban ricos encajes valencianos. Lolita Aguilera estaba de azul claro, como un pedazo de cielo a cuyo rededor giraban ya nubes, ya celajes[87] y ramilletes, representados en los trajes de raso de tul de valsa-

---

86 *Heliotropo*: (Heliotropium peruvianum) arbusto de hasta 2 metros de alto, muy ramificado desde la base, con flores en ramillete de azul claro o lila, olor muy agradable a vainilla.

87 *Celaje*: aspecto que presenta el cielo cuando es surcado por nubes tenues y matizadas.

rinas y *moiré*. Camila había elegido el crema para dar mayor realce a su belleza soñadora, y en sus cabellos estaban diseminados diminutos lazos de cinta sujetos, graciosamente, por peinecillos de carey y similores[88].

La señora viuda de Ruedales llevaba con dignidad su vestido de terciopelo negro, y las señoras de Robles y de Quinteros, ricos trajes de *moiré* de colores.

Los caballeros, con ese *aire* chupado o *enlargado* que imprime el frac, comenzaron a ponerse en movimiento para la primera cuadrilla, cuando se detuvo un carruaje a la puerta de calle y resonaron varios pasos en la escalera de mármol. Momentos después, despojadas de los ricos abrigos de plumones, se presentaron en la sala Lucía y Margarita: la primera de bracero[89] con don José de Aguilera que salió a recibirla y la segunda con don Fernando Marín, su padre adoptivo.

Don Fernando era uno de aquellos hombres nacidos para mandar y para que las mujeres le adorasen con el frenesí de los sentidos. Su alta estatura daba al frac toda la corrección de la elegancia; sus grandes ojos, de mirada firme y chispeante, denunciaban al hombre que en juventud turbulenta jugó con el corazón de las mujeres, tal vez menos de lo que gozó de ellas, estudiando todos los repliegues de la pasión pero recogiendo, en la hora precisa, ese caudal de dolores para convertirlo en la miel sabrosísima ofrecida a la mujer que eligió por esposa.

La llegada de los personajes descritos produjo un cuchicheo general en la sala, todas las miradas se fijaron en ellos, y las señoras comenzaron aquel riguroso examen del tocado, apuntando en la mente los menores detalles del vestido de terciopelo, azul marino, con botonadura de brillantes en el corpiño de escote, abierto para dejar franco un valioso collar de perlas que circundaba el cuello alabastrino de la señora de Marín; y el vestido rosa espiritual ornado de margaritas naturales que invadían hasta la ondulosa cabellera de la joven, perfumando entre tal cual *detalle* de encajes blanquísimos.

—Ese es corte de Madama Ducruet —dijo una de las señoras a su vecina, señalando a Lucía, y refiriéndose a la ropa.

—Sí, creo, y en el vestido de la niña resalta la mano de madama Gaye.

—¿Quiénes con éstas? —preguntaba la señora de Quinteros a otra amiga suya.

---

88   *Similor*: mezcla de zinc y cobre que tiene el color y el brillo de oro.
89   *De bracero*: tomada del brazo.

—Son serranas[90], creo.

—¿Serán *platudas*?

—Así lo dicen a gritos los botones de la vieja.

—No digas eso, hija, no es tan vieja, a lo sumo tendrá… treinta años… –dijo ella, fijándose a su vez en el retrato de la pared.

—Que… de cuarenticinco no baja.

Dos jóvenes de bigote engomado hablaban a media voz cerca de una consola, cuando llegó un tercero y poniendo la diestra sobre el hombro del primero, dijo:

—Esto se llama entender de elegancia, mis amigos; y ¿quiénes son las *judías*?[91]

El señor Aguilera se adelantaba en aquel momento hacia el estrado para hacer la presentación de etiqueta.

—La señora Lucía de Marín… la señorita Margarita… el señor don Fernando Marín…[92]

—Señora, gusto en conocerla.

—Mi amistad es toda suya.

—Señorita…

Fueron diciendo en toda la línea, estrechándose las manos, haciendo las genuflexiones del caso, sin que faltase aquel *subrayado de ojos* que sólo las mujeres usan para entenderse entre sí y con el que logran, muchas veces, matar una simpatía naciente o rechazar una alabanza prodigada a otra mujer, interpretando a maravilla las palabras –*¡eso! ¡si supiera usted!* –y otras semejantes.

—¡Qué hombre tan interesante, hija! te aseguro que he de lanzarle el anzuelo —dijo la señora de Robles a la señora de Quinteros, que estaba sentada a su lado, refiriéndose a don Fernando.

—Cuidado, Inés, que es casado y tú también lo eres.

—¡Y qué! ¿Estamos en los tiempos en que los hombres eran honrados? ellos, ¿qué ejemplo nos dan? ¿qué estímulo ofrecen para aquello que impávidos llaman virtud? ¿no tienen una querida en cada vuelta de esquina? ¿no se van tras el terciopelo y las sedas, sin preguntar para nada si esas sedas y ese terciopelo están impregnados del

---

90   *Serranas*: oriundas de la sierra a diferencia de las *costeñas*, oriundas de la costa. Es un comentario malévolo porque los serranos eran objeto de discriminación racial por presentar características físicas y culturales indígenas más acentuadas que los que vivían en la costa, que se consideraban de "raza blanca" aunque sus ancestros españoles y posteriormente venidos del resto de Europa se hubieran mezclado con los peruanos originarios.

91   *Judías*: denigratorio por "extrañas".

92   Se trata de los personajes ya conocidos de *Aves sin nido*, de la misma autora (Stockcero ISBN 987-1136-15-3).

aroma de otros? –preguntó la señora de Robles, agitando el abanico. Sus pupilas centelleaban en aquel momento con el brillo de las piedras de sus brazaletes de brillantes de aguas puras y en su seno comenzó a circular el cosquilleo de la pasión, que nace en los remates del seno y se comunica por grados a toda la materia animal.

—Estás exagerando, Inés –observó la señora de Quinteros haciendo, a su vez, aire con el abanico que hasta aquel momento tenía cerrado y jugando con él como con una varita.

—Pues, hija, así es, y para la querida son los cariños y los mimos, y para la esposa las cargas de la casa y las responsabilidades del nombre y el qué dirán de la posición.

—Conquístalo tú, que en cuanto a mí, soy enemiga de la promiscuidad de materias, como dice mi confesor cuando hablamos del caso. Mis caricias siempre serán para el preferido de mi corazón, para él solito, solito él.

La orquesta calló por unos segundos y luego dio la señal para la primera cuadrilla, y las parejas comprometidas comenzaron a ponerse en pie.

Don José Aguilera, después de repasar sus lentes con el pañuelo, se acercó a Lucía que estaba visiblemente emocionada; un temblor agitaba su ser, y temía cometer equivocaciones en el curso del baile. A pesar de que las señoras Robles y Quinteros hablaban a media voz, había alcanzado a escuchar gran parte de la conversación, y por mucho que se esforzase en disimular sus emociones, el sistema nervioso quedó vibrando como una copa de cristal fino.

—¡Qué es esto, Dios mío! y yo que le amo más que a mi vida –pensaba la señora de Marín cuando el señor Aguilera se acercó a ofrecerle el brazo, y con él fue a ocupar su puesto, vis a vis, con el doctor Serapión Aguaviva, Vocal jubilado que servía de pareja a la señora de Torrecilla. A derecha e izquierda formaban la señora Crispiliana Rosales con el antiguo Contador de la Casa de Moneda don Estanislao Agarrado y Agarrado[93] y la señora Delfina de Cuentas con el Coronel de infantería don Casimiro Guerrero, personaje que, por varias veces, estuvo en peligro de ser Ministro de Estado, pues figuró en algunas combinaciones, como designado para la Cartera de Justicia y Culto, no porque fuese esa su cuerda de conocimientos, sino porque en el Perú

---

93   Se trata de ironías, "agarrado" es un vulgarismo para amarrete, "de cuentas" significa "rayano con la delincuencia", guerrero, etc.

se buscan los cargos más heterogéneos para los hombres más incompetentes.

En el resto del salón se organizaron otros dos cuerpos de cuadrilla: sonó el *la* de alerta dado por la orquesta y comenzó la primera entrada.

—Te aseguro que por la chica iba yo a la vicaría.[94]

—No hables tonterías, chico. Hoy los hombres estamos en alza, ya ellas nos enamoran.

—Pues me declaro en baja.

Decían a media voz Demetrio Feijoo y Ernesto Casa-Alta, mientras que en las filas femeninas se cuchicheaba así, con esas oleadas que la orquesta da a la palabra.

—Le habrá costado cuatrocientos soles el traje.

—No exageres, hija; si ese terciopelo se vende a tres soles donde Porta...

—¿Qué?

—Te prometo, hija, y comprando un corte hasta por dos soles cincuenta te *varean*.

—¿La costura y entallado es de la madama Ducruet, no?

—Pero el escote punta de almendra no le cae bien, ella tiene la cara larga.

—Hubiese elegido el cuadrado; y así...

—Tú habrás calculado tela y hechura, porque los botones...

—Oh, si fuesen finos...

—¿Y qué?

—No seas boba; esa es piedra francesa.

—Juraría que son piedras finas.

—¿En qué disputa se empeñan las adorables sirenas? –preguntó un caballero llegando.

—Aquí don Baldomero que decida –repuso una de ellas.

—De qué se trata...

—Disputábamos sobre la legalidad de unos botones...

—¡Ah! los de la hermosísima señora de Marín.

—Cabal –dijeron ambas subrayando con los ojos la frase, como quien ponía en duda, ya no sólo la legitimidad de los botones, sino la hermosura de la dama.

—Precio de conocer joyería: soy amigo de Boggiano; y puedo ase-

---

94   *Ir a la vicaría*: expresión para significar "tramitar el matrimonio".

gurar a ustedes que esa botonadura representa una fortuna.

—¿Son finas? –preguntó una de ellas, abriendo los ojos y la boca y agitando el abanico como para aspirar aire fresco.

—Y engastadas en oro...

—¡La derecha! –advirtió el Coronal Guerrero, como contrariado por un descuido que acababa de tener la señora de Marín.

—Hagámonos amiga de ésta –dijeron por lo bajo las dos señoras de la disputa.

La orquesta marcaba la variación de compás y las parejas se confundían en cadena circular, continua y sostenida; precursora de la última figura de la *lancera* que terminó entre un aplauso, y la orquesta, como interpretando la ansiedad de la parte joven que esperaba, tocó inmediatamente *"Il Bassio"*, vals rápido, aéreo, arrebatador, entre cuyos compases iba a soñar esa juventud dichosa, ávida de sensaciones, dichosa porque aún podía creer y amar.

Don Pepe había tomado el tablero del chaquete en la habitación inmediata, donde el resto de los señores de respeto quedaba diseminado en grupos que decían:

—El Congreso se nos viene encima, señores, y para mí no significa otra cosa que la merma estéril del erario nacional.

—Acepto su idea, Dávalos. Con medio millón ahorrado cada año, tendríamos escuadra que bien la necesitamos.

—O siquiera paseos públicos, que los necesitamos también.

—Pero ya los tiempos de abnegación patriótica concluyeron, mi amigo.

—¡Qué! dirá usted que no han comenzado todavía, ni comenzarán mientras no se haga una reforma radical en nuestra Constitución y hasta en nuestra sangre.

—También tiene usted razón.

—¿Qué hacen aquí todos esos diputados de provincia que vienen cada año más raros? Se imaginan que los pueblos los han mandado a enamorar a su costa, y son las mujeres su preocupación, y las mujeres su labor parlamentaria, y las mujeres las que consumen las dietas.

—¡Y qué mujeres! dígame usted Dávalos. Y con éstos, hágame usted patria!

—¡Y a éstos llámelos usted padres conscriptos!

—Pues los padres conscriptos ya comenzarán a desgranarse sobre Lima en esta semana.

—Como que faltan sólo doce días para la instalación de las Cámaras...

—Los mandara yo a sembrar papas en lugar de traerlos a enredar más las leyes...

En el salón principal, oíase a la vez lo siguiente:

—¿Qué se habrá figurado, hija, la Robles, para echar tanto copete? –preguntaba la señora Torrecilla a la de Cuentas.

—Dice que a su marido van a hacerlo Senador o Vocal.

—No; desde que la admitieron en la *"Adoración"* como *discreta* viene eso; y valgan verdades, hija, la admitieron sólo por adulación. ¿Quién no sabe entre nosotras los trapitos de la Robles?

—Con razón dicen, hija, *dale mando al ruin y conocerás quién es.*

—Señorita, ¿tendré el honor de bailar con usted este vals? –dijo Ernesto Casa-Alta acercándose a Margarita en momentos en que Enrique de la Guardia tomaba del brazo a Camila y Carlos de Pimentel a Lolita.

Margarita quedó suspensa por unos segundos, ruborosa, y después dijo con dulce acento:

—No valso, señor Casa-Alta; papá no ha querido que valse nunca... ¿papá es algo raro, verdad?

—Pero ahora será una excepción, señorita, yo suplico a usted...

Ella cedió a una fuerza interior que la hizo ponerse en pie y tomar el brazo de Casa-Alta, con quien dio un corto paseo de ordenanza y después, como dos avecillas que conciertan el itinerario para el viaje de la vida por los espacios, se lanzaron en busca de ese placer vertiginoso, semejante al mareo de la morfina en su primer término, en cuyos giros ellos encuentran el placer sensación y ellas primero vislumbran y después palpan la realidad de las monstuosidades humanas en el roce de los cuerpos que las trae los estremecimientos desconocidos a través de la imaginación; y después, contactos extraños que turban la casta soledad de la virgen.

VI

CASA DE PRÉSTAMOS – COMPRA Y VENTA.

Este letrero puesto en letras negras y rojas se leía en el umbral del almacén número 500 de la plaza de San Francisco.

Penetrando en el establecimiento veíase un hacinamiento indescriptible de objetos usados: desde la máquina de coser con los carreteles enmohecidos, hasta la cuja[95] del santuario matrimonial; y en la estantería, dividida en casillas, envoltorios con número y letrero de fecha, formando, cada cual, el cadáver de la fortuna encerrado en su nicho con el epitafio de la ruina y la desolación.

¡Casa de préstamos! ¡La Estigia[96] del infortunio donde se baña la Usura en repugnante desnudez, sumergiéndose, acompañando al avaro que, en su sed insaciable, encuentra dulce la sal de las lágrimas!

El prestamista era un hombrecito pequeño, rechoncho, colorado y calvo, en cuya cara esférica brillaban dos ojillos verdes, pobres de pestañas, como la piel también pobre de un pelo de barba. Esos ojillos tenían, no obstante, una cualidad indispensable para el oficio de su

---

95 *Cuja*: catre antiguo de madera.
96 *Estigia*: laguna o río que en la mitología griega separaba el mundo de los vivos del de los muertos. Las almas debían cruzarla en el bote del barquero *Flegias*.

dueño. Eran ojos crisol, ojos balanza, ojos tasadores que, con sólo una mirada, sabían clasificar, medir y avaluar, distinguiendo el *dublé*[97] del oro de dieciocho quilates, la seda pura de la tramada. Algo más: leían las profundidades del corazón del parroquiano y sabían descifrar las necesidades desesperantes y las necesidades del vicio.

Cuando llegó Espíritu, él se encontraba limpiando con un cuero de gamuza unas cucharitas de plata que, inmediatamente, colocó en su caja y se dispuso para atender a la parroquiana.

—¿En qué puedo servir a doña Espíritu Cadenas? –preguntó, mirando fijamente a la mulata, apoyando ambas manos en el mostrador.

—*Señó*, mi don Pantaleón, una *necesidá* como cualesquiera –dijo ella y puso el cuadro sobre el mostrador.

—Una tela… tela así… cualquierita… ¿cuánto quiere por ella?

Al decir esto le brillaban los ojillos con la fosforescencia de los del gato, mientras que Espíritu, con ambas manos apoyadas en las caderas, paseaba su mirada fría por ese panteón de desdichas sociales, exhumando, acaso, de entre aquellas cenizas, la flor del consuelo.

—Se le podía dar cinco soles sobre riesgo, y eso por ser usted parroquiana de la casa.

—No, mi *señó* don Pantaleón, lo que yo necesito sobre mi *sea*[98] Santa Mónica, son diez soles; y considere *usté* mi patrón, la *necesidá*, que bien sabe el *Señó* que sin ella…

—¿Diez soles? ese es mucho riesgo, doña Espíritu –observó el prestamista levantando el lienzo de medio metro a la altura de la cabeza para examinarlo.

—Es que, mi *señó*, yo tengo *asegurao* el desempeño; y no será su plata *perdía*, porque de otra suerte iré a otro préstamo y se acabó… tantos hay en Lima…

—No quiero decir eso, doña Espíritu, que aun cuando pierda plata, servir al marchante es bueno, y… mire que voy a darle los diez soles –y puso el cuadro sobre una mesa, arrimado contra un reloj de bronce que representaba el sacrificio de Mazapa arrastrado por los caballos.

La morena estaba sorprendida del éxito en la subida del pedido, y desde ese instante hizo la resolución de rescatar la Santa Mónica. Y por una de esas coincidencias frecuentes en la vida, pensó en Aquilino

---

97 *Dublé*: de francés *doublé*, enchapado.
98 *Sea*: apócope de "Señora".

Merlo, el pulpero de la calle de arriba, como ella decía siempre al hablar de "La Copa de Cristal" y pensó luego en que tenía seguro el regalito de cumpleaños para su compadre Pantoja.

Don Pantaleón contó los diez soles y los entregó a la parroquiana junto con la papeleta. Ella salió contenta, y tomó la dirección de la galletería de Arturo Field, mientras don Pantaleón volvía a levantar el cuadro de Santa Mónica, y satisfecho de la operación se decía:

—El negocio es redondo... Ni vuelta que darle... ¡Buena negra!... Lienzo de Velásquez[99], soberbio lienzo que cualquier coleccionista podrá adquirir... rogado yo... sí señor...¡doscientos cincuenta soles!... ¡Por menos no lo doy... qué! Este habrá sido de alguna familia rica, rumbosa y artista; porque el arte entra donde el rico en forma de vanidad, y pocas veces por su propia forma, por el amor al arte. ¡Espléndida pintura! –Y colocándose a cierta distancia se puso a contemplar el cuadro, cuando llegó una señora alta, delgada, de hombros salientes, vestida de merino negro raído, escrupulosamente tapada con la manta de iglesia, cuyo color verdusco correspondía a la edad del vestido. Llevaba un envoltorio que puso sobre el mostrador, y don Pantaleón lo descubrió sin desplegar los labios mientras ella se sentó, como dejándose caer, en una silleta colocada junto al mostrador, lanzando un suspiro, mitad quejido, mitad sollozo, que así podía significar cansancio, como la impotente protesta a los embates del destino.

—Haga usted la papeleta a nombre de la señora Hilaria Hinojosa viuda de Gómez, calle Vieja número 614 –dijo ella con voz apagada.

El prestamista levantó cuan alto era, un traje de novia, ricamente adornado con azahares y similares en el níveo campo de *moiré*, cuya blancura estaba conservada con tan exquisito cuidado, que parecía no haber cubierto aún ningún cuerpo virginal en las dichosas horas del amor colmado, que pasan en el curso de la existencia humana como el dorado celaje de verano y se evaporan al impulso del infortunio, de la muerte, del hastío, como la esencia de *Hesperis* dejada en frasco sin tapa.

---

99   *Velásquez*: Diego de Silva Velásquez (1599-1660), pintor español famosísimo. Un cuadro de él valdría una fortuna.

VII

L a imaginación exaltada sublevó a la bestia.

El pensamiento cada segundo más incisivo al deseo, sacudió el organismo del macho, y Aquilino fue lanzado por una fuerza superior a todo cálculo psicológico.

Encendió la lamparilla de kerosene y casi maquinalmente cambió su ropa de trabajo por el terno[100] que sacaba sólo tal cual día clásico, como el 20 de septiembre. Era un terno de diagonal, correctamente entallado al cuerpo, que completaba con un sombrero piamontés[101] de castor negro, bajo cuyas anchas alas reverberaban más grandes, más expresivos, los azules ojos del dependiente.

Apagó la lamparilla, cerró las puertas y se dirigió a la casa del festín, abriéndose paso por entre la multitud de tapadas[102], rapaces y desocupados que invadían el domicilio de doña Nieves de Aguilera.

¿Con qué propósito, con qué intención, con qué esperanza iba ahí

---

100 *Terno*: vestimenta masculina compuesta por pantalón, chaleco y chaqueta realizados en la misma tela.
101 *Sombrero piamontés*: de Piemonte, Italia.
102 *Tapada*: mujer que se tapa con el manto o pañuelo para no ser reconocida.

Aquilino Merlo en los momentos en que su sistema nervioso andaba incendiado?

¡Oh! seguía un fantasma invisible que lo atraía con la poderosa atracción que guarda la boa en sus débiles fauces para engullir la rana, para triturar al hombre: se sentía impulsado por esa corriente invencible que el capricho del Destino precipita en los cauces de la vida para arrastrar en sus encontradas ondulaciones, hombres y sucesos, como arrastra la turbia corriente de un río la pluma blanca de la gaviota o el tronco secular de la orilla.

Aquilino ignoraba el cómo entraría y cómo saldría de la casa; pero se lanzó entre las ondas vivientes, con la plenitud de la confianza que refuerza al hombre a los treinta años de su vida cuando el martilleo del placer parecía formar eco vibrante, y él creía escuchar una voz que lo alentaba.

—¡Adelante!... ¡Fe en lo desconocido!... ¡Ah! las mujeres son mujeres…al trono se ha dicho, y… ¡adelante!

La servidumbre de la casa, antigua parroquiana de Aquilino, hizo demostraciones de júbilo cuando se apercibió de la presencia del vendedor de tallarines verdes, le prodigó agasajos, le franqueó la entrada a los lugares próximos al comedor donde comenzaba a arreglarse la mesa del *ambigú*[103] después de las pastas, helados y gelatinas que se sirvieron durante las primeras horas. No fueron, pues, mezquinos los mayordomos ni el ama de llaves en atender al vecino, escanciando sendas copas de jerez, oporto, valdepeñas: un verdadero tósigo[104] para la actualidad física y moral del italiano, pues que contribuía a aligerar la efervescencia de la sangre y la fuerza del cerebro, donde rebullía una idea audaz que pronto, con los vapores del vino, salió flotando sobre todos los otros pensamientos que de pronto distrajeron la atención de Merlo al encontrarse en un lugar suntuosamente decorado.

—Señora Chepa, *usté* va a ser mi madrina –dijo por fin Aquilino, dirigiéndose al ama de llaves, a la sazón ocupada en enhebrar una aguja con seda rosada.

—¿De qué, don Aquilino, de qué?… aguarde, que tengo que dar unas puntadas en el vestido de la señorita Gómez.

—Quiero felicitar a la señorita Camila, hablarla, sí; hablarla.

—¡Ah! bueno; poco le pide el cuerpo a *usté*; ahora que pasen al

---

103 *Ambigú*: del francés, comida, por lo regular nocturna, compuesta por platos fríos y calientes servidos todos a la vez; *buffet*.
104 *Tósigo*: tóxico, veneno.

tocador para renovar los polvos, he de hacer que le atienda a *usté*… con mucho gusto.

—Se lo pague Santa Rita…

—Señora Chepa, la aguja con la seda –interrumpió una muchacha.

—Toma… pero, no, no; he de ir a coser en persona –y se puso en marcha hacia las viviendas destinadas al descanso de las invitadas.

En el salón resonaban tenuemente estas palabras:

—Es usted la criatura más adorable que conozco, señorita, si me honrase usted con llamarme su verdadero amigo –decía Ernesto Casa-Alta a Margarita entre los giros casi aéreos del vals, estrechándola suavemente contra su pecho, cuando pasó cerca de ellos Enrique de la Guardia, que decía a su pareja:

—Si consientes, esta misma noche hablaré con don José… pero exijo el lacito de la cinta.

—¡Jesús! nunca, dar un lazo de cinta… mi director… –contestó sin formular un pensamiento cabal, la señorita Camila, deteniéndose porque su pareja acababa de chocar con codo con la pareja de Casa-Alta.

—¿Pero un lazo de cinta qué importa, hermosa mía? –insistió Enrique después de una larga pausa para tomar de nuevo el compás.

—Es prenda, y dar prenda es malo… así dice…

—Así es que me pones en el caso de robarlo… Pues… no sea el lazo de cinta… será un beso… ahora que las parejas se confundan… –proseguía Enrique sonriendo con malicia, sin prestar atención a las palabras que junto a él resonaban tenuemente.

—Con el mayor gusto, señor Casa-Alta, yo presentaré a usted a papá.

—Me basta, linda, porque queriendo usted yo haré que los otros quieran –dijo con entusiasmo Ernesto, fijando la codiciosa mirada en el seno voluptuoso de la joven, donde pendiente de una finísima cadenilla de oro, resplandecía una cruz de ágata.

Y Margarita, transportada con el pensamiento a otra época ya lejana en el reloj de la vida, sintió correr por sus venas un suave vientecillo, y la voz de Ernesto vibró en lo interior de su alma, evocando un nombre grabado junto a esa cruz que miraba Ernesto.

—Un beso nada significa, hermosa… es la cita de dos almas para encontrarse en los labios —insistía Enrique, apelando a la definición dada por otro.

—Permítame usted Enrique, creo que las Gómez han entrado al tocador; deseo atenderlas —dijo Camila deteniéndose en el vals, tomándose del brazo de la pareja y se dirigió hacia el tocador en cuya puerta se despidió con una venia y entró resueltamente.

—¡Jesús!... ¡tan liso!... ¡y tan feo!... –pensaba Camila, recordando las propuestas de Enrique, cuando la señora Chepa le dijo a media voz:

—Niña Camilita: también hay afuera un pobre que desea felicitar a usted.

—¿Pobre? ¿quién?

—Nuestro *bachiche*[105] del frente...

—Aquilino; el de los tallarines verdes, tan ricos... –dijo riendo Camila.

—¿Qué le digo? —insistió la vieja.

—Ahora salgo para ver la mesa del *ambigú*, de paso podrá verme... ¿Las señoritas Gómez quieren algo?

Y Camila se acercó a sus amigas, dos rubias que repasaban el tocado, una con la mota de polvos en la mano y la otra con el peinecillo de marfil ligeramente humedecido con *Tónico Oriental*.

—¡Camila!

—¡Linda!

—¿Y?

—Ya estamos, gracias hija.

—¿Qué te ha dicho ese Enrique?

—Tonterías.

—Sí, que te está festejando de firme.

—Ni lo creas, hija. Es tan antipático.

—¡Cierto! Tan remilgado y tan raquítico.

—¿Te has fijado en Eugenio Mora?

—¿Cómo no? si eso es escandaloso... ¡Hacer la corte a una viuda!

—Las viudas siempre han de estar apestando a muerto.

—Pero estos hombres no comprenden, hija...

—Señoritas, no se dejen estrañar por afuera –observó la señora Chepa, interrumpiendo la charla animada; tal vez porque las palabras

---

105   *Bachiche*: (despect. vulg.) italiano.

de una de las Gómez la comprendían, pues ella era viuda de un honrado mercader, o sólo por el deseo de cumplir su promesa a Aquilino.

—Sí, que…vamos, hija.

—¿Y qué hora será?

—Creo que las tres y cuarto, ¿no?

—Jesús, hija, y cómo se han ido las horas en tu compañía.

—Gracias, hija.

Y todas tres salieron juntas; pero una vez en la puerta del salón, Camila dijo a sus amigas:

—Tomen ustedes sus asientos; yo voy con *misea* Chepita a atender… un pedido –y pasó la mano involuntariamente por el lazo de cinta solicitado por Enrique.

—Te aseguro que ha sido para mí una desilusión la tal serranita; pues hijo, me he manifestado en todas las formas.

—Y yo que hasta he rozado su frente y sus mejillas con mis bigotes, intencionalmente, con deseo.

—¿Y?

—Como una peña, hija.

—Como un topo, di, hijo; otra muchacha viva como las nuestras, habríase puesto al garete[106].

—Está buena para el tontonazo de Casa-Alta, que ha valsado media hora con ella.

—¿Y diciendo qué?… ¿y sintiendo qué?

Decían a su vez cerca de una ventana, Pimentel y otro joven, refiriéndose a Margarita.

En frente de esta pareja masculina hallábase un caballero alto, rubio, de patilla poblada y rasurada al estilo que más tarde se llamó Boulanger[107]. Llevaba con aristocrática corrección el frac de hechura irreprochable, y con la diestra desenguantada atusaba sus sedosos bigotes dirigiendo la mirada fosforescente con el brillo de la vanidad, al espejo de bruñidos cristales que copiaba de cuerpo entero su personal arrogante, y junto a él pasaban en graciosa confusión parejas de señoritas y caballeros que, después del baile, iban a las cantinas en busca de un refrigerio o de un confite que fuese pretexto para alargar la conversación iniciada durante el baile, en medio de ese roce íntimo de

---

106 *Ponerse al garete*: expresión marina, filar (aflojar) un barco las velas para detener su marcha.

107 *Boulanger*, Jorge (1837-1891) general francés, Ministro de Guerra hacia 1886.

cuerpos y de sensaciones, ora apagadas, ora rebullentes con el primer sorbo de cristalino champagne servido en cálices color de rubí y de esmeralda.

De en medio del torbellino de parejas salió un nuevo cuerpo de cuadrilla; ocho parejas que ocuparon el centro del salón.

La señora Aguilera estaba del brazo con el caballero que rato antes atusaba sus bigotes.

En el diván de la izquierda acababan de acomodarse dos señoras cincuentonas, dueñas de enormes abanicos de plumas de cisne con varillas de nácar.

—Vea, Nicéfora, la planta que nos echa doña Nieves, con su aderezo que le obsequió el sujeto aquel, y aceptó el marido –dijo por lo bajo la primera, poniendo de punta su abanico sobre el muslo derecho.

—*Después de put... maldita, hábito de Santa Rita* –dijo al oído la otra, acercándose lo suficiente a su compañera y abanicándose como para evaporizar la última sílaba del refrán que acababa de soltar con impremeditación.

—A mí me hace gracia la soltura de la Requero con ese collar. ¿Usted sabe la historia de ese collar? –preguntó la aludida, que se llamaba doña Pascuala.

—¡Cómo no! Dicen que le dieron para que su marido fallase en una causa de Thompson Bonar[108] o Dreyfus no estoy segura cual de los judíos, pero le dieron.

—La verdad. Sí, lo sabe todo Lima; así como sabemos que el brazalete de la *mosca muerta*[109] es originado por otro fallo del marido, y aquí quien los mira de frente –agregó la primera señora refregando suavemente con los extremos del abanico el centro mismo de un lunar negro, velludo, puesto sobre el carrillo izquierdo, lunar que fue la pesadilla de sus tiempos de coqueteo y que al presente le escocía en ocasión inoportuna.

---

108 *Thompson Bonar y Cía*: firma inglesa que en 1870 obtuvo contrato para establecer una colonia de ingleses en el Río San Javier; fracasó y fue un desastre económico. Había mucho resentimiento de las compañías extranjeras (como Thompson Bonar y la Maison Dreyfus) que quisieron enriquecerse en el Perú. Aquí "judíos" en el sentido de extranjeros.

109 *Mosca muerta*: (despect.) persona que pretende pasar por inofensiva.

VIII

A algunos pasos de la sala, casi escondido entre los follajes de una madreselva iluminada por bombas azules y rosadas esperaba Aquilino Merlo, sin saber cuánto tiempo duraría su ansiedad, cuando apareció Camila radiante de vida, con el alma saturada de toda clase de emociones sentidas durante el baile, pero ignorante aún de la gran emoción nerviosa que dominaba por completo al hombre que tenía delante.

El mozo se le llegó con aparente humildad, así, como el gato que se agazapa cuando acecha al ratoncillo.

El sombrero estaba en su mano.

El fuego en su sangre.

—¡Señorita Camila, cuánto atrevimiento el mío! Dios la guarde mil años, así tan hermosa.

—Gracias, don Aquilino. Estoy contenta de todos… tantos han concurrido.

Los grandes ojos de Merlo abarcaron con una sola mirada todo el contorno; y seguro de no ser observado, dejó caer al suelo su sombrero piamontés. Con humildad de siervo tomó suavemente la mano de la niña que llevó a sus labios, cargados del calórico hipnótico que iba a infiltrar por grados en aquel organismo preparado por la edad, la hora, el escenario.

Y sin meditar más de un segundo, se lanzó sobre la hija de doña Nieves, la más orgullosa dama de falsos pergaminos que rodaba carruaje en las calles de Lima; y ciñó su cintura con férreo brazo, la levantó en alto sobre sí, y al mismo tiempo que sus labios de fuego profanaron los labios de carmín de la niña, la actitud de su cuerpo profanó el alma de la virgen.

Aquellas dos naturalezas se encontraban en el momento psicológico que resuelve de las grandes caídas, con la misma precisión que determina de las caídas pequeñas.

¡La humanidad!

¡Ella no rechazó ni se dio cuenta; todo pasó con la rapidez del rayo que ilumina, hiere y mata!

Camila estaba transformada. Sin voluntad para repeler los brazos que la sujetaban, ni apartar los ojos de los ojos que la envolvían en una corriente lujuriosa, ni siquiera comprendida por ella, sintió en su cuerpo virgen, al rozarse con el cuerpo de él, algo que la conmovió de una manera extraña, oscureciéndole la vista, despertando en sus sentidos sensaciones y deseos que no podría nombrar, pero que sacudían su organismo con el poder de una pila de Volta.

—Caballeros, ¡al *ambigú*! –dijeron varias voces en la sala.

—¡Yo te amo!… ¡una reina! –dijo Aquilino, dejando caer de sus brazos a la niña cuya posesión absoluta quedó aplazada.

—He estado muy llana con usted, Aquilino… mamá que no sepa que he hablado con usted… es el orgullo mismo… –suplicó ella conmovida, temblorosa con el calofrío que paseaba en su cuerpo.

—¿Para qué sabrá nada?… señorita… estas cosas nadie debe saberlas… me voy feliz… hasta pronto…

Las bandadas de parejas comenzaron a desbordarse del salón.

Aquilino recogió con presteza su sombrero y huyó, llevando en su mente la seguridad de que Camila no lo olvidaría.

Había despertado un cuerpo virgen débilmente resguardado por las blondas y los tules de su vestido de baile; él lo había definido perfectamente.

Camila desapareció como una exhalación por las viviendas interiores, atravesando puertas y pasadizos, y reapareció después visiblemente emocionada, de bracero con el doctor don Epifanio Raicero que la decía al oído:

—Nunca he visto a usted, Camila, tan bella como ahora. Parece que el flechero niño[110] la hubiese herido en el baile.

—¿Qué dice usted, Epifanio?

—Sí. Camila, las mujeres se embellecen cuando aman: una segunda naturaleza se presenta en ustedes, más poderosa que la materia. El día en que se va el amor del corazón ¿qué queda en la vida? ¡Nada! Sí, Camila, nada queda.

—La ambición, don Epifanio.

—¡Oh! ¡es una miseria!

—La avaricia.

—Es podre del alma.

—La experiencia…

—¡Ah! no diga usted eso ¡es la ceniza, la ceniza del existir! Camila, nunca se avergüence usted de amar: temerarios son aquellos que pretenden impedir que la adolescencia, que la juventud, que el corazón, a cualquier edad, ame. ¡Amad, bella niña, sólo el amor es la VIDA, se lo dice a usted quien hace tiempo dejó de vivir!

—Doctor, esas son frases de poeta… ¡ah!… sí, cierto; usted escribe.

—Camila, antes que escritor he sido hombre ¡he sido amante! ¿Quién será ese feliz que ha de vivir de la vida de usted? Enrique de la Guardia, ¿no?

—Ni en broma diga usted esas cosas; Enrique será amigo, pero nada más. Usted sabe la manera de pensar de mamá…

—Cierto; su mamá dice que quiere a un rico; pero usted tan espiritual, tan buena, puede ser que piense de otro modo, puede ser que encuentre el amor digno de los pobres.

Las últimas palabras de Raicero estremecieron a Camila en cuya fantasía estaba fijo, como una losa de mármol, el recuerdo del beso de Aquilino.

Los concurrentes acababan de tomar sus asientos en la mesa donde

---

110 *El flechero niño*: Cupido.

el vapor de los platos de caldo se levantaba denso, excitando el apetito
por el olfato.

—Brindemos esta copa, señores, por la prosperidad de ese bello
retoño de los esposos Aguilera, encarnado en la bella Camila, que cual
cisne de níveas plumas nada en estos momentos en el luminoso lago de
nuestras tiernas afecciones, rielando la dicha, entonando el hosanna de
la ventura desde el Sinaí de sus dieciocho abriles...

—Julios, dirá usted, hombre –interrumpió un purista en historia.

—Primaveras, señores, brindemos esta copa de topacio, digo jerez
–peroró un joven que figuraba en la reunión como redactor de un periódico de literatura, aunque en verdad sólo era colector de datos. No
faltó quien dijera:

—¡Muy bien!

—¡Por Camila!

—¡Bebamos por la ninfa!

—¡Por ella! –gritaron varias voces, mientras que un caballerito en
ciernes, casi adolescente pero con pretensiones de hombre maduro y
vicioso, se llegaba al del brindis y le apretaba la mano diciendo:

—Qué inspirado ha estado usted, mi amigo Sigismundo; vengan
esos cinco... *enganche* hombre.

—Gracias, amigo: no siempre encontramos quien nos com-
prenda... Ese don Ciriaco que quiso que yo insultara a la retórica diciendo julios...

—No haga usted caso, don Sigismundo; en cambio todos le han
aplaudido, y el escritor, digo el orador, mejor dicho orador y escritor,
deben llevarse de la regla de conmover a las mayorías.

—Es usted hombre práctico, mi amigo...

—Así, así... Supongo que en la revista que usted haga de esta bella
reunión, no se olvidará de mi humilde nombre; siquiera porque soy del
gremio...

—Hola ¿escribe usted?

—Sí, compañero... borroneo en verso; tengo tres poemitas en
estado de ponerles el desenlace y una comedia de costumbres en que
le zurro la badana[111] al Ministerio.

Frente a estos jóvenes había una pareja que platicaba así:

—¡Hermosa Margarita, por mi felicidad! ¡Yo creo que esta noche

---

111 *Zurrar la badana*: castigar, burlarse de algo o alguien.

será la aurora de mi existencia! Cuando llega la hora de sentir y de amar, es preciso inclinarse a los dictados del corazón.

La señorita Marín, ruborosa y modesta, levantó la copita de jerez y mojó ligeramente los labios.

El nuevo día asomaba. La aurora cargada de arreboles[112] anunciaba un día de sol caliente en un cielo sereno.

En los salones de Aguilera las flores estaban marchitas, los semblantes ajados; trocado el color de las sedas engañosamente presentado por la luz del gas y de las bujías; estaban manchados y estrujados los guantes; los abanicos olvidados sobre los divanes; las voces *resfriadas*, la atmósfera saturada de ese vaho que despiden los residuos de una fiesta; así como la descomposición del cadáver de una mujer hermosa.

En las calles comenzaba la vida.

Principiaron a abrirse las tiendas asomando a la puerta la gente del pueblo, soñolienta, desgreñada cuando los convidados del señor Aguilera salían, unos cubriendo la boca con finos pañuelos de seda, otros levantando la solapa y cuello del sobretodo. La voz chillona de algún *suertero* madrugador se mezclaba al tropel del caballejo de la lechera sentada a horcajadas sobre un rimero de cantarillas de hoja de lata, la cabeza cubierta con el faldón[113] sombrero de paja, cruzado el pecho por el pañuelito de seda importado por los mercaderes chinos.

En la puerta de calle del señor Aguilera se iban reuniendo algunos carruajes particulares. Los besos de despedida de las damas, y las frases obligadas de los caballeros fueron acompañadas por el grito descompasado del bizcochero que anunciaba:

—¡El pan rico de yema de Bejarano!

---

112 *Arrebol*: color rojo que toma el cielo al amanecer o al atardecer; sonrojamiento.
113 *Faldón*: dícese del sombrero chato y ancho.

IX

—Aquí hay un lugar para usted —dijo don Fernando Marín dirigiéndose a Casa-Alta, sosteniendo el picaporte de la portezuela del carruaje donde Lucía y Margarita acababan de acomodarse, perfectamente cubiertas con los elegantes abrigos de plumón.

—Tanta bondad me abruma; pero acepto, señor —replicó el invitado; franqueó la subida seguido por Marín que cerró de golpe la portezuela, quedando ellos colocados vis a vis.

El cochero fustigó los caballos que arrancaron la carrera arrastrando esa petaca aristocrática negra y numerada en cuyo estrecho recinto se han desarrollado dramas de amor, de sangre y de abnegación también.

Casa-Alta estaba frente a Margarita; sus rodillas se frotaban, los piececillos de ella, a través del raso banco de la botita de listón despedían un calor que alcanzaban a sentir los de Ernesto, a pesar del zapato de hule negro charolado. Sus corazones palpitaban con violencia inusitada; en el carruaje quedaban encerradas dos parejas en quienes estaba representada la dicha humana como una rareza social. Un matrimonio en la realidad de la ventura, dos adolescentes con la esperanza de la felicidad.

Al dar la vuelta en la esquina que forman las calles entre la Pescadería y el Arzobispo, el coche dio una violenta sacudida, obligando a los pasajeros a una inclinación tal, que de pocas chocaron los caballeros con las damas.

—¡Jesús!

—¡Vaya con el empedrado! –dijeron Lucía y don Fernando, mientras que Margarita y Ernesto se miraron con aquella dulce mirada que lleva mundos de ilusión y focos de luz en cada uno de sus rayos; cuando el labio calla, brilla la pupila y el pecho se estremece.

La brisa de la mañana sacudía los árboles de la Plaza de Armas, de cuyo follaje brincaban los pajarillos hospedados durante la noche en esos movibles dormitorios vegetales, con cortinas de esmeralda mecida por el aire primaveral. Ellos al saludar el nuevo día con el misterioso himno que sólo sus gargantas abrigadas de plumas saben interpretar para dar gracias al Autor de la belleza, formaban un concierto, acompasado por el murmullo que producía la pila del centro y los dos grifos de las esquinas que forman diagonal entre el Arzobispo y Mercaderes. Allá al Este se alzaba, como un coloso de piedra, la histórica Catedral cuyas bóvedas cobijaron en otros siglos otras creencias, otros corazones, otros cerebros; alumbrados por la fe, guiados por la caridad, alentados por la esperanza. Esa famosa Catedral, cuyas bases delineó Pizarro[114] con el cuchillo de fierro que llevaba desde la Isla del Gallo, desde el día en que *los trece*[115] pasaron la línea trazada por la espada conquistadora; sin pensar en que, bajo sus bóvedas, descansarían sus restos después

---

114   *Pizarro*: Francisco (1478-1541) Conquistador español del Perú. En 1509 viajó a América buscando la oportunidad de enriquecerse. Asociado con Diego de Almagro y el clérigo Hernando de Luque emprendió la conquista de un rico imperio indígena que según las noticias se encontraba hacia el sur. Se trataba del Perú, y la empresa se realizó entre 1524 y 1533. Nombrado primero Gobernador obtuvo luego un título de marqués. El 6 de enero de 1535 Pizarro fundó la ciudad de Lima, originalmente bautizada Los Reyes por la festividad religiosa celebrada ese día.

115   *Los trece*: se refiere a los trece hombres que secundaron a Francisco Pizarro en su segunda expedición al Perú (1526). Habiendo partido de Panamá la expedición llegó a la isla del Gallo pero el hambre y las enfermedades diezmaron a la tropa por lo que Almagro regresó a Panamá en busca de provisiones mientras Pizarro se mantuvo en la isla. Llegado Almagro a Panamá el gobernador Pedro de los Ríos -convencido de la inutilidad de la empresa- envió una expedición para rescatarlos. Pizarro y 13 fieles se negaron a embarcar y permanecieron en la isla hasta que en 1528 uno de sus pilotos llegó con un barco dispuesto a proseguir la expedición.

que el alevoso asesinato terminase con su existencia[116]; cuyas naves escucharon los himnos del creyente en el coloniaje y el *Te Deum* de la Libertad cuando San Martín[117] declaró la soberanía del Perú.

Ernesto aprovechó más de una ocasión para oprimir entre las suyas la rodilla de Margarita, libertad que ni fue notada por la niña, con ese candor propio de la que todo lo ignora y no tiene los ardides del atrevimiento.

—¿Le he sido simpático, y por qué no corresponde?... Otras mujeres han resuelto aquí el problema... aquí en el apiñamiento del carruaje, con los vapores del sarao, con el hervor de la sangre –pensaba Casa-Alta cuando don Fernando, que había desenguantado su mano derecha, le llamó la atención para decirle:

—Fíjese usted, señor Casa-Alta, en la belleza del amanecer; no creía que estas horas fuesen tan espléndidas en la capital, me parecía ése un atributo del campo.

—¡Oh señor Marín! ¡Mire usted el arrebol de Oriente!

—¡El suntuoso cortinaje del escenario de Dios! –exclamó Lucía interviniendo con su magnífica imaginación oriental[118].

—Es efectivamente, la reina que abre sus ojos de amor y extiende sus brazos de alabastro en el lecho de rosas perfumado por todos los olores de las flores tropicales, llevados por un aire tibio como el aire de la alcoba donde la amante espera al soberano del alma.

Marín que al decir esto, sacudía el guante blanco que tenía desde momentos antes entre manos; estaba discurriendo para la pareja joven, para esa dichosa juventud, mil veces dichosa porque puede creer y amar.

—Señor Marín, está usted inspirado; la hora es solemne. Con sobrada razón la naturaleza ha elegido esta hora para que la tierra, el cielo y las aves dirijan el himno de adoración al Autor de su belleza.

—La belleza es Dios.

—Dice usted muy bien, Ernesto. Esta es la hora de la oración uni-

---

116   Se refiere a la muerte de Francisco Pizarro a manos de partidarios de Diego de Almagro –quien había sido ejecutado por Hernando Pizarro, en la Plaza Mayor de Cusco luego de la batalla de las Salinas entre pizarristas y almagristas– agrupados en torno a Almagro el Mozo y bajo el mando de Juan de Rada, quienes entraron en el palacio del conquistador en Lima y le dieron muerte el 26 de junio de 1541.

117   *San Martín*, José de (1778-1850) militar nacido en argentina quien luego de una exitosa carrera militar en Europa y Africa regresó a América para colaborar en la lucha por la Independencia. Siendo gobernador intendente de la provincia argentina de Cuyo formó el ejército de los Andes para emprender la campaña independentista de Chile y Perú. Junto con Simón Bolívar es considerado uno de los libertadores de Sudamérica.

118   Estando en Lima, la Sierra, de donde Lucía era oriunda, queda al oriente (este).

versal –opinó Lucía, asomando la cabeza por la ventanilla del coche, y Margarita agregó con cierto grado de satisfacción:

—Los jóvenes no piensan aquí como usted, Ernesto.

—Sí, señorita, sí piensan; pero no lo dicen, porque creen que es indicio de sabiduría el mostrarse incrédulo; porque es preciso seguir la corriente de moda.

—Pues yo opino, querido amigo –interrumpió don Fernando–, que en el Perú no hay ateos; pero tampoco creyentes. Por eso encuentra usted tantos soñadores, a despecho de sus mismas acciones, en pugna con los principios que proclaman...

Se detuvo el carruaje bruscamente, saltó el cochero en tierra y el señor Marín interrumpido en su conversación, sacó la cabeza por la ventanilla al mismo tiempo que el cochero tomaba el picaporte para abrir la portezuela.

—Hemos llegado, señor –dijo éste haciéndose a la izquierda, en momentos en que don Fernando, bajando el primero, púsose de pie en la vereda dando golpecitos en la mano izquierda con el guante suelto que llevaba, esperando que bajase Ernesto, quien se puso de un salto en tierra, dispuesto para dar la mano a la señora y señorita que se detuvieron cortísimos instantes en la vereda arreglando las faldas ajadas en el apiñamiento del carruaje.

Ernesto, entre tanto, fijábase en el número de la casa que marcaba en cartoncillo azul y guarismos blancos el número 224 de la calle de San Sebastián, domicilio de Marín que, invitándolo a entrar, dijo:

—Hemos de tomar una taza de café de Carabaya[119], señor Casa-Alta.

—Señor don Fernando, la hora...

—¿Qué? no lo soltamos –repitieron a una voz Lucía y Margarita, y agregó la primera:

—Será un comienzo de amistad como nosotras queremos a nuestros amigos, francos, leales.

Ernesto se sentía abrumado de felicidad. Creía aquel afecto tan puro, tan sinceras aquellas manifestaciones de simpatía de parte de la señora Marín, que principió a ocuparse seriamente de lo que sobrevendría respecto al cariño que le inspiraba Margarita.

El cochero acababa de marcharse sin ceremonia alguna, don Fer-

---

119 *Carabaya*: una de las 13 provincias que conforman la Región Puno del Perú, famosa por el cacao, el café, la coca, y el caucho que se cultivan en sus valles.

nando tocó el timbre de la puerta de calle, que no tardó en abrirse de par en par, presentándose un sujeto soñoliento, restregándose los ojos con el reverso de la palma.

La escalera angosta que comenzaba desde un pequeñísimo vestíbulo estaba cubierta de hule imitando mármol de mosaico, y remataba en una rejilla de fierro dulce[120], laboreado de encaje, con perillas doradas para el timbre, y pintada de verde bronce. Los escalones fueron devorados con paso acelerado en la subida, y el señor Marín dijo, dirigiéndose al sirviente:

—Gavino, pon el café inmediatamente.

Todos se dirigieron a la sala de recibo por un pasadizo angosto, reducido aún a mayor estrechez por una fila de macetas colocadas sobre bancos de madera; decorado hacia el techo con dos mecheros de gas y macetillas colgantes, donde crecían helechos y cactus de perenne verdor.

En el corazón y en las ideas de Casa-Alta iba operándose una transformación dulce que él mismo no alcanzaba a definir en vista de las comparaciones que su memoria entablaba entre aquel fin de baile rematado en un hogar, con la imponente santidad de un templo, con varios otros remates que él tuvo en su vida de soltero, después de beber por *tono*[121], una copa más de jerez o de champagne en el Hotel Maury o el de Francia e Inglaterra, siguiendo con los compañeros a estas tristes calaveradas de la juventud, hacia los barrios de Abajo el Puente, a orillas del río, donde *esas* infelices sellan con el vino de la orgía, la ignominia de su sexo; pobres mujeres muertas para el amor, para ese sentimiento general que exhala el corazón, muertas casi para el mundo, cuyo fantasma acaricia el vicio con el bautismo de sangre que comenzó por llamarse Necesidad.

Criaturas desgraciadas, que tal vez no están desterradas de la patria de la mujer –Virtud– pero sí encerradas por la sociedad en esa isla de ignominia sin redención –Vicio.

Casa-Alta veía pasar por su mente, con la rapidez del pensamiento, a través de sus recuerdos, los cuartuchos de Mariquita *la ñorbo*, Eudosia *la garbo alto*, Sara *la flor menuda*, Cecilia *la esperanzada*, todo ese enjambre de grillos nocturnos que se llama resignación, que lleva sobre el pecho el afilado puñal de la sociedad, hundido hasta el cabo para la

---

120 *Hierro dulce*: hierro libre de impurezas lo que lo torna fácilmente maleable.
121 *Por tono*: para estar a la moda.

pobre, sostenido con denuedo, sin herirla, para la rica, envuelta en la seda y en el terciopelo del verdadero vicio.

—El clima es, el clima enerva la voluntad para el trabajo y aviva la imaginación para la lujuria –pensó Ernesto pasándose por el pelo la mano recién desenguantada, y como dándose a sí mismo una explicación terminante para todo lo que acababa de pasar en tropel por su mente.

La sala de recibo del señor Marín contrastaba con las que generalmente se ostenta en algunas casas limeñas, donde todo el lujo se concreta a la sala olvidando el resto del hogar.

Muebles modestamente tapizados, estilo Luis XV, consolas y piano, apenas completaban el ajuar de la habitación cuyas paredes estaban cubiertas de papel claro con cenefas doradas.

El exterior revelaba la mediocridad acomodaticia: el fondo encerraba la felicidad de los corazones que han sabido conservar el amor y la estimación recíproca, a despecho del tósigo frío enervante que se llama el prosaísmo de la vida conyugal. El matrimonio, después de cierto tiempo, es la amistad con caricias. A la mujer toca conservar la estimación dulce que reemplaza al amor infinito de los que van al altar en alas de los sueños sublimes, de la dichosa edad en que se sueña, se cree y se espera.

En el corazón de Margarita se levantaban con frecuencia oleajes de dolor quebrándose en la orilla donde estaba escrito el nombre de Manuel[122]; en la mente de Lucía y de don Fernando asomaban, a veces, recuerdos acibarados escribiendo el nombre del Obispo Claro[123].

Era todo lo que podía turbar la dicha de aquella casa.

Pero los dos esposos estaban de acuerdo para borrar de la mente de Margarita la imagen de aquella pesadilla producida por la existencia liviana del buen Obispo Claro que cortó desde su tallo la flor de las ilusiones de una pareja que unida hubiese bendecido a Dios y separada, acaso, acaso podía maldecir al ministro de Dios.

Casa-Alta colocó su sombrero sobre un trípode de bronce que, a la entrada de la sala, servía de percha, y sin quitarse el sobretodo tomó el asiento que le invitaba don Fernando. La señora y la señorita Marín pasaron al dormitorio, haciendo una venia a los dos caballeros.

Margarita fue la última en salir.

---

122 *Manuel*: hermano de Margarita, la otra "ave sin nido" de la novela homónima de Clorinda Matto de Turner.

123 *Obispo Miranda y Claros*: padre natural de Margarita y Manuel en *Aves sin nido*. En esa novela se enamoran Margarita y Manuel y luego descubren que son hijos del mismo padre, así imposibilitando su casamiento.

Ernesto tenía la imaginación fija en el busto de la niña; interrogaba su corazón y se hacía mil preguntas, ya amargamente filosóficas, ya prácticamente ilusorias, como esos celajes de verano que entoldan el sol, vienen y se van.

¿Podía pensar en pedir la mano de aquella adorable criatura?

¡Oh! Ningún porvenir seguro le señalaba su diploma de Bachiller, prendido con cuatro tachuelas en la pared lisa de su cuarto de practicante de Derecho, único patrimonio con que a la fecha contaba, al lado de una madre cariñosa, y sin esfuerzo de su cerebro pensaba en los sacrificios a que tenía que sujetar su vida de estudiante para atender al aseo de la camisa, al cambio de los guantes de *Preville*, a la conservación de su terno negro; menudencias en que la sociedad no para mientes cuando encuentra un joven acicalado de florecilla en el ojal y bejuco[124] con puño de estaño bruñido representando una pata de caballo, un casco de guerrero, un herraje o simplemente una bola con pretensiones de bola de plata.

Los gastos de Ernesto tenían por surtidor el escaso montepío[125] materno, renta mal pagada en el Perú donde los vivos, por instinto de conservación tal vez olvidan los servicios de los muertos.

Casa-Alta estaba en estos momentos en el rato psicológico de las reflexiones que sobrevienen a las horas posteriores de una *soirée*.

No es exactamente el remordimiento el que oprime el corazón, pero es algo que semeja a la pena de un bien palpado y huido en el momento de cogerlo. Se increpaba duramente el haber aceptado la invitación de las Aguilera, luego la de Marín; ésta sobre todo para subir al carruaje, y luego, la más grave, de quedarse a tomar el café en casa de una familia que acababa de conocer.

Aquellas simpatías por Margarita tan vivamente brotadas en el baile, debían, según él, haber muerto, junto con las flores que entraron radiantes de vida y de aroma, y salieron mustias y ajadas.

—Pero, con tal que todo acabe aquí, junto con el último sorbo del café –se decía Ernesto como buscando una disculpa, una salida o una solución que estaba muy lejos de desear; así lo indicaba su airecillo melancólico, ese airecillo que en ciertos momentos de la vida significa gota de sangre o ascua de fuego, según sea el lado por el que le miremos.

El señor Marín levantó la persiana de una de las dos ventanas que

---

124 *Bejuco*: bastón de caña.
125 *Monte pío*: depósito de dinero formado con descuentos que se hacen a los miembros de alguna agrupación con el fin de otorgar pensiones de socorro a viudas o huérfanos.

daban luz a la sala; era una rica tela trasparente donde el pincel de un feliz colorista había retratado al rey David atisbando el baño de la mujer de Urías[126], de donde salió él con el juicio torcido y la conciencia sucia por el grande pensamiento aquel que, tentación primero y voluntad después, no tardó en ser realidad enloquecedora, engendro de Salomón.

La tela presentaba la viveza más original con la luz que caía de lleno, y había herido ya la vista de Ernesto con la irresistible fuerza del colorido sobre las naturalezas predispuestas.

—Es la primera vez que en Lima me paso una noche en claro, amigo Casa-Alta, y a esta hora, con este sol que brinca cantando gloria, nadie comete la tontería de acostarse, ¿verdad? –decía el señor Marín cuando las mujeres llegaban envueltas en bata de casa.

Lucía estaba vestida con una elegante *princesa* de cachemira y esmirna con cuello de terciopelo y bocamangas[127] ajustadas por botones que llevaban en relieve la cabeza de un jabalí, y el talle sujeto por un cordón de seda que rodeaba dos veces la cintura.

Margarita ostentaba bata de casa; blanca, corte María Antonieta, con sobrepuestos color rosa seca, guarnecida de encajes.

Asomó a la puerta de la sala como un jirón de nube cruzando el cielo azul.

---

126   *La mujer de Urías*: Betsabé, se refiere al pasaje de la *Biblia* relatado en el Libro II, *Samuel*, capítulo 11.
127   Botamangas en el original.

X

D on José de Aguilera acababa de despedir el resto de los convidados, aquel cuerpo positivista que en toda invitación acepta de antemano el calificativo de *confianza*, mote disimulado con que suelen encubrir la decisión por el *copeo* sostenido, que lo forma, casi en totalidad, los *dandy* gomosos que se hacen presentes en las fiestas de familia para retirarse con provisión de cigarrillos que han almacenado en todos los bolsillos que fabricó el sastre, y que andan listos como el sabueso, abriendo tamaños ojos cuando estalla una botella de champagne descorchada.

El señor Aguilera tenía el semblante como una manzana de otoño, arrugado y descolorido; sus ojillos se achicaban, si cabe, al impulso del sueño combatido y la intensidad de luz durante horas seguidas. Doña Nieves estaba enfrente y dijo:

—Todo ha estado magnífico, Pepe ¿qué dirán ahora las Gómez, las Alosilla y las Villamil que, cuando convidan a su casa, presentan cerveza de Backus y pare usted de contar?

—Mujer...

—¡Gua! ¿Y por qué no he de hablar verdades en mi casa? ¡Sí señor! Y la serrana de la Marín ¿hase visto lisura de la muchachilla? Toda la noche ha bailado y coqueteado y mostrado los dientes de conejo con el Casa-Alta. Si no fuera por su tío el Vocal, que al fin y al cabo se le necesita, cuenta si el mocito hubiera pisado mis salones.

—Casa-Alta a mí me parece un joven distinguido; su padre fue un magistrado íntegro; su madre una viuda de quien nada se dice –observó don Pepe con tono de seguridad.

—Un pobretonazo, sí ¿qué me cuenta en efectivo? Felizmente, sí felizmente, ha *piquineado*[128] a la serrana, que si es a una de las niñas, armo escándalo.

—Mira, Nieves...

—Como tú lo oyes, sí, armo escándalo... ¡a mis hijas no! ¡no señor! –repetía la señora Aguilera llegándose a la mesa de los refrescos, levantando un frasco de cristal de Bohemia con dos dedos de un líquido color de topacio, y buscando con la vista a uno de los mayordomos.

—Estos alquilados... miren, pues, tanto desperdicio... si en todos los frascos se está evaporando así el jerez de a tres soles ¿dónde vamos a parar? ¡Cuando con esto se pueden llenar botellas y botellas que sirvan para nuestro *té* de los miércoles! Está visto: si uno no cuida las cosas, estos *alquilaos* le comen a uno los ojos de la cara –decía doña Nieves, sangoloteando la pequeña porción de jerez.

En el dormitorio fronterizo al comedor se oían voces que disputaban sobre el prendido y el tocado de las señoras de la tertulia.

Lolita Aguilera, punzante y alegre, desprendiéndose los cordones del corsé rosa, decía a su hermana:

—¡Qué *costeo*! Las Requero me han parecido camellos sedientos con su categoría mal puesta y esos cuellos tan estirados. ¡Ja! ¡jay! ¿te fijaste cuando valsó la Micaela con Otero?

—¡Qué mala eres, hija, Jesús!

—¿Y los Florete? ¡juy! sin duda que no se enjuagaron la boca. ¡Cuando yo bailé con Enrique, Jesús! le apestaba a tabaco de papel blanco.

—¡Y sus pañuelos, hija, pura Kananga![129]

—¡Jesús! sí, por eso yo les ofrecí esencia de jazmín y *Flores del Plata*

---

128   *Piquinear*: (Perú) cortejar.
129   *Kananga*: agua de Kananga, perfume relativamente barato producido por la casa Rigaud, 8 rue Vivienne de París, distribuido en América Latina.

cuando pasaron frente a las consolas.

—¡Uf! Debe ser chasco pesado casarse con un pobretón que trajera Kananga, ¿verdad? –preguntó Lola a su hermana, dándole una palmadita en el hombro desnudo. Camila acababa de sacarse el vestido de baile y permanecía en enaguas. El semblante de Camila estaba velado por una especie de gasa de melancolía, y su pensamiento ocupado de muy distinta manera que el de Lola. Sin embargo, con aquel heroísmo intuitivo de la mujer para disimular las grandes preocupaciones del alma, procuraba sonreír celebrando las ocurrencias de su hermana, cuya última pregunta solucionó apoyando la idea con lacónica frase.

—¡Uf! perverso –dijo, y fue a acostarse en su albo lecho, dejando caer su cabeza despeinada en los mullidos almohadones de plumas, festoneados con encajes de hilo. Quedó la niña como rendida por el sueño, plegados los párpados, la respiración entrecortada, pero con los ojos de la imaginación abiertos como fanales de cristal, en cuyo fondo parpadeaban mil ideas, como luciérnagas, y allí, la imagen del italiano, el ansia de conocer los verdaderos misterios del amor, la sucesión de cuadros reproduciendo con el poder de una imaginación calenturienta, escenas que la vida íntima de la madre había dejado grabadas en la mente infantil de la hija; citas misteriosas en ausencia del señor Aguilera, más sigilosas presente él, y un cosmos hereditario, con tendencias irresistibles, actuaba en la naturaleza preparada de Camila.

La avasallaba en sus temores, el poder del ejemplo.

La impulsaba aquella herencia fatal de la sangre.

Camila era presa de vértigos, apenas alcanzaba a contener los violentos latidos del corazón, que subía y bajaba en el pecho, como una ola de fuego, en medio de esos estremecimientos inconcientes de la carne, que tiembla al morir.

En el comedor seguía la charla comenzada.

—Esta tarde no ha de faltar quienes coman en casa, de los que vengan a hacer la *visita de digestión*: Chepa, ordene *usté* que el cocinero se arregle para no ser sorprendidos –disponía dona Nieves engolfada en su eterno pensamiento de engañar a las gentes por las apariencias.

Don José acababa de rendirse: tomó una silleta mecedora, que la casualidad llevó por ahí, y como en mullido lecho, comenzó a llamar la atención por su ronquido seco, nasal.

—¡Jesús, Pepe! y cómo te duermes así para ajar los faldones del *frá* que me cuesta sesenta soles –gritó doña Nieves, acercándose al sillón y sacudiendo por el hombro al veterano que, despertando sobresaltado, púsose de pie, dejando caer sus lentes, que pudo cogerlos al aire, y con ellos entre manos, sin desplegar los labios, fuese paso a paso al dormitorio conyugal.

Don Pepe recordaba el precepto del Apóstol, que manda ceder a veces los derechos del varón, en obsequio de la tranquilidad doméstica, y lo practicaba diariamente, tranquilo, casi contento por saber sobrellevar las *apariencias*, que han venido a ser el gran secreto de la diplomacia social.

Merced a este método, consiguió Aguilera que su matrimonio fuese citado como un modelo entre todos los cónyuges de Lima, rayanos de cierta edad, pues *ellas* soltaban a las barbas de los maridos, indirectas bien acentuadas.

—¡Ay! ¡si *una* se hubiese casado con un hombre como don Pepe Aguilera! ¡ése sí es marido! ¡Todo lo dispone; todo lo ve para complacer a doña Nieves, y ella tan desengañada! Pero, hija, no para todos cayó el maná del cielo –decía doña Clara Fuente a una amiga.

—Si uno hubiese sacado del saco de culebras la anguila, como mi amigo Aguilera ¡vaya con Dios! ésa sí era fortuna. No he visto mujer como doña Nieves para casera, complaciente y bonachona. Es un mazapán[130] con coco –repetía por las noches el padre de las Gómez en presencia de doña Pascualita, viuda de un prócer con montepío íntegro, quien, con la calma sentenciosa que suele dar la experiencia, replicaba:

—Ni lo codicie *usté*, ni lo diga, señor Gómez, que aquí donde *usté* me ve, digo y afirmo que *más vale malo conocido que bueno por conocer*, y conténtese, Gómez, con su mujer de *usté*.

---

130 *Mazapán*: golosina hecha con pasta de almendras y azúcar.

XI

Con ambas manos puestas en las caderas, formando asas, la manta embozada y los ojos contando la lujuria de los recuerdos, estaba Espíritu, de pie en su cuarto, pensando en el derroche fantástico del precio de Santa Mónica.

Aquel día cumplía años el maestro Mariano Pantoja, carpintero sin colero[131], que habitaba el número 18 en el mismo callejón.

Pantoja, hombre bueno si los hay, no dio a sus émulos y enemigos otro pasto en que cebarse que el de ser aficionado al *copeo*, y una vez metido en alcohol, la sin hueso[132] se soltaba para fluir palabrotas mejores que la de Cambronne[133].

—Vaya, vaya –se dijo Espiritu,– las amistades no tardarán en llegar y no quiero que *nadies* puje mi derecho.

---

131 *Carpintero sin colero*: carpintero sin taller propio; de "colero", recipiente de hierro que se usa para disolver la cola de carpintería.

132 *La sin hueso*: la lengua.

133 *Cambronne*: Etienne, Vizconde de (1770-1842) militar francés quien con el grado de teniente general peleó en Waterloo al frente de la división de la guardia, donde realizó la última y desesperada carga contra los soldados británicos. Cuando los británicos le ofrecieron la rendición, el replicó: "*La Garde muert, elle ne se rend pas!*" (la guardia muere, no se rinde). Según la versión recogida por Victor Hugo en "*Les miserables*" la frase realmente fue "*Merde, la Garde muert, elle ne se rend pas!*" (Mierda, la guardia muere, no se rinde), con la que "*merde*" pasó a ser denominada como "*le mot Cambronne*".

Pantoja, entre tanto, daba la última mano al arreglo de la vivienda. Acababa de sacudir los rincones con un trapo entre negro y verde botella, un pedazo de manta agallinazada.

Colgó en clavos puestos en la pared, las pocas herramientas del oficio, acomodó varios cajones vacíos que estaban de rinconeras, y echó cuentas sobre sus economías, guardadas en una alcancía de madera. Su capital sumaba ocho soles diez centavos. El pico lo guardó en el bolsillo del chaleco, y los ocho soles volvieron a la alcancía, que fue colocada en una repisa de pino, pintada con tierra amarilla y barnizada por encima.

A poco rato comenzaron a llegar los vecinos del callejón, y a la mortecina luz de una vela de sebo, colocada en una botella vacía, rajada de parte a parte, comenzó el festejo del carpintero.

El maestro Pantoja, avezado y ducho, no soltó prenda hasta que llegaron diez o doce de sus conocidos, hombres y mujeres, ganosos de jaleo; pues, seguro como estaba de que cada cual llevaría su presente, no quiso acometer gastos que podían resultar inoficiosos. Debía inspeccionar primero la batería de regalos, de los que llegó a contarse ocho botellas de cerveza Backus, y tres de pisco de Boza Hermanos.

Espíritu fue de las primeras en llegar, con su botella de anisado, que puso sobre la mesa de pino, sin pintura, suficientemente manchada por diversas materias, y dijo:

—La gloria quisiera traer para mi compadre Pantoja. Que mi *Señó* de los Milagros me lo conserve con vida y *salú* por muchos años.

—Comadre, siempre *usté porsista* ya se ve, *criáa* en casa grande… Dios se lo pague, comadre… y ustedes darán su permiso –contestó el carpintero, dirigiéndose hacia la repisa, levantando la alcancía y vaciando los ocho soles en la palma de la mano, guardándolos en seguida en el bolsillo derecho del pantalón, suspendiéndose de puntitas para volver a colocar la alcancía en su sitio, y en seguida salió de la habitación.

—¡Jesús! mi compadre es muy *fullanguero*… ¡qué no irá a hacer! –observó Espíritu, dirigiéndose a los circunstantes.

—Me gusta, así debe ser el hombre *ecente* [134] cuando recibe gente en su casa, señora Espíritu –repuso un moreno alto delgado con el cuello del saco cubierto de mugre y que, abierto por el pecho, dejaba ver la camisa de percal, sucia también, sin los botones de la pechera,

134 *Ecente*: (vulg.) decente.

por cuya abertura se notaba una línea de carne amoratada.

Pantoja regresó casi inmediatamente, seguido de dos cargadores, vecinos suyos. El primero conducía una canasta amarilla con botellas de diversas etiquetas, y el segundo una fuente que de lejos parecía un ramillete de flores, no siendo otra cosa que las populares *butifarras*[135]: panecillos en forma de boca humana, con su lengua verde y su diente negro, representados por la hojita fresca de lechuga y la rica aceituna de Camaná.

Los cargadores colocaron los cachivaches[136] en lugar conveniente, junto a la mesa, pasando después a formar parte de la reunión.

Pantoja comenzó a repartir las *butifarras*, y el moreno se comedió a descorchar las botellas con la broca de un berbiquí, que descolgó de la pared.

Había sólo dos vasos y una taza, lo que dio origen a disputas sobre quien bebería en la taza.

—Ellos tomarán en el vaso y nosotras en la taza. El catecismo manda que no estén juntos los dos sexos –dijo Espíritu, la más ladina, ocurrencia que fue celebrada con palmoteos y risotadas.

Después que se vaciaron algunas botellas, los dos cargadores salieron sin ceremonia y regresaron conduciendo al italiano Miguel, de la esquina, con su organillo ambulante, pues concertaron ambos hacer al maestro Pantoja el obsequio de la música.

—¡Hurraaá! –gritaron todos los circunstantes al ver el organillo.

Miguel acomodó la carga, y dando vuelta al cilindro, dejó oír los acordes de una malagueña, que hizo ponerse de pie a todos, comunicando el entusiasmo a las venas femeninas.

—Cula que te pillé –dijo el moreno tomando de la mano a Espíritu, mientras que otra mujer de pelo suelto y polca blanca agarraba a Pantoja.

Las demás mujeres comenzaron a cantar, poniendo la letra al capricho de la minoría. Espíritu entonó esta copla:

> Nací en el gosque de cocoteros
> Una mañana del mé de abril
> ¡Juy! ¡juy!

—Anda, *perringa*, que te cabalgo –gritó el moreno, haciendo piruetas.

---

135 *Butifarras*: (Perú) bocadillos o sandwiches, generalmente de jamón, lechuga y cebolla.
136 *Cachivaches*: despectivo por vasijas, utensilios en desuso.

—¡Marinera, marinera!

—¡Zamba la cueca!

Pidieron varias voces, y las parejas se juntaron de por sí.

Miguel cambió el registro del organillo, y la marinera se dejó oír, con sus compases de *entra y sal*.

Pantoja, arremolinándose a los pies de la morena, decía quedo:

—¡Anda que la pillé! ¡y qué rico *questará* el picante del medio de la calle!

—*Palque* lo halle, ¡miren que liso! –respondía ella, levantando la falda con intención, con la zurda, mientras que con la derecha agitaba el pañuelito carmesí, fustigando al perseguidor.

—¡Jaleo!

—¡Hurra!

—¡Dos! ¡dos!

—De cuatro, ¡dos!

Gritaban en desconcierto unos y otros, cuando de pronto calló el organillo.

Todos se amotinaron, formando rueda al italiano.

—*Sigalasté*, maestro –exigió el moreno.

—*U, yu sulo he tratare dus tonás e sun tre* –arguyó el *bachiche*.

—¡Juntilla! –gritó Espíritu, sacando una peseta del seno y arrojándola sobre el organito.

—¡Por acá!

—¡Por allá!

Dijeron a su turno unos y otros, poniendo monedas pequeñas, que el italiano recogió satisfecho, volviendo a menear la manizuela del cilindro, y comenzó de nuevo el chacoteo más animado.

—*E na ma que a la unce; que le celatore ma nutificato* –dijo previniendo el organista, recibiendo una copa que le brindaba una de las mujeres.

—Sí, compadre, que no *seagüe* el gusto, opinó Espíritu.

En la puerta de la habitación estaban congregadas casi todas las vecinas del callejón espectando la jarana, y poco a poco se fueron escurriendo hacia adentro, resultando parte integrante de la fiesta.

Pantoja vio que estaba consumida la provisión y gastados los ocho soles. Entonces se dirigió a Espíritu para decirle, a media voz:

—Yo te pago el gusto esta noche, ladrona; pero tú *jalas* dos soles para las ánimas.

—*Velai…* mucho que sí –repuso ella, moviendo la cadera y guiñando el ojo.

—Afloja, patrona, que quien tiene oficio responde con formón y martillo –insistió Pantoja.

—Ahorita –repuso Espíritu, dirigiéndose hacia su habitación. Encendió la vela, examinó a sus dos hijas que con las cabecitas juntas, dormían como dos bolillas de azabache. Sacó los cinco billetes guardados y regresó a la parranda, apagando la vela y asegurando la cerradura de la puerta.

—Apaga la mecha, chulo, que la comadrona te cortó el ombligo[137] –dijo ella a Pantoja, riendo con tamaña boca, que despedía vaho de aguardiente.

—¡*Má* duro que el de San Pedro *e* Roma! El serrucho serruchará –contestó el carpintero, recibiendo los cinco billetes que le alargaba la morena, mientras que el zambo[138] de saco mugriento golpeaba uno de los cajones vacíos, al compás del organillo, y con voz aguardentosa entonaba:

Sin duda que tu mare *fue confitera*
porque te hizo dulce la elantera

copla que las mujeres celebraban con palmoteos, hasta que el italiano notificó retirada.

Todos fueron saliendo por grupos, menos Espíritu, que quedó en el cuarto de Pantoja.

---

137 Expresión para significar "cuidado que te conozco".
138 *Zambo*: mestizo de negro con indio.

XII

Una atmósfera nueva, de ámbar, rodeaba a Margarita desde su salida del baile de las Aguilera.

Su corazón comenzó a estremecerse, con aquellas timideces sin causa conocida, y que son los gérmenes de donde nace el amor destinado a crecer y robustecerse.

El señor Marín, profundo conocedor del corazón humano y de los giros pasionales que da la mirada en el semblante de los hombres, notó desde el primer momento la recíproca impresión recibida por Ernesto y Margarita, como un solo martillazo que, dando en el pecho, resuena en dos corazones.

No perdió ni un segundo de vista a Casa-Alta durante el baile, y esa solicitud paternal hizo que se dirigiese al doctor Pedreros para preguntarle algunos detalles sobre la familia y la carrera del joven.

El doctor Pedreros satisfizo a las preguntas de Marín y dijo:

—Es uno de los poquísimos jóvenes de mérito que tenemos, señor;

porque hoy la juventud se distingue por fatua, presuntuosa y adelantada en el terreno del vicio.

—¡Oh señor! ¡qué desconsuelo para los que tenemos hijas!

—Verdad que es amarguísima esta convicción; pero en Casa-Alta hallará usted todo lo bueno que busque. Es hijo legítimo de la señora viuda del doctor Casa-Alta, Vocal que fue de la Corte de Justicia de Trujillo.

—¿Es huérfano de padre?

—Sí, señor; pero aún ofrece otra excepción Ernesto. De él no puede decirse con sorna *hijo de viuda*, no, el escaso montepío de que viven, no se derrocha en aquella casa, y las más honrosas notas del Colegio de Guadalupe y la contenta de Bachiller en San Carlos, abonan en pro del muchacho.

—Pienso en una madre feliz.

—Ni puede ser de otro modo, señor Marín, porque esa madre contempla al hijo, querido por todas partes, elogiado, codiciado.

—Me interesa usted en alto grado a favor de ese joven.

—Lo merece, señor Marín, lo merece. ¿No ve usted que yo conozco muy mucho a su madre, y que su padre fue mi compañero? —dijo el doctor Pedreros, tomando al bracete al señor Marín y arrastrándolo a la habitación del refresco.

—Bebamos un jerez, amigo mío.

—Con el mayor agrado.

—Y volviendo a su tema: ese joven vendría de perilla para su hija de usted.

—No digo que no.

—Es un dechado de amor filial. Yo sé, casi puedo decirle que me consta, que él no tiene mejor confidente que su madre, a quien nada calla; ni mejores amigos que los libros heredados en la biblioteca de su padre. Sobre todo, señor Marín, bebe las lecciones austeras de su virtuosa madre; y usted, hombre de mundo, sabe lo que importa el ejemplo en la niñez y en la juventud.

—¡Ah doctor! ¡es el todo! El ejemplo del hogar importa para mí toda la doctrina de moral social.

—Cabales. Por eso las esposas y las madres libidinosas dejan a las hijas la herencia fatal.

—¡Sí, la terrible herencia!

Esta conversación, sostenida en medio del tumulto de la fiesta, delante de las trasparentes copas de jerez, se había convertido en el cerebro del señor Marín, en un enjambre de mariposas de vistosos colores, que revoloteaban sin fin, halagando los delicados sentimientos del padre adoptivo de Margarita.

Las horas habían trascurrido. Ernesto debía retirarse, y al despedirse puso en manos del señor Marín una tarjeta con la dirección de su casa.

—Adiós, que no se deje esperar –dijo Lucía.

—Que no se haga extrañar –agregó Margarita.

Y Ernesto salió de aquella casa envuelto en una atmósfera benéfica que jamás respiró en su vida alegre de soltero. Su mente estaba invadida por ideas lúcidas que le hablaban de amor, de esperanza, de felicidad; y, como un fantasma se le interpuso en la puerta de calle un *suertero* de la Beneficencia.

—Señor un numerito, mire, éste es *huachito*[139] –le gritó aquél que era cojo, encajándole un billete rosado entre ceja y ceja.

Ernesto tomó casi maquinalmente el papelillo rosado; pagó, dio dirección y siguió su camino.

—He pensado casar a Margarita con ese joven Casa-Alta –dijo el señor Marín a su esposa, luego que se hallaron solos.

—Tu nunca haces nada reprochable, hijo, pero, ¿y si la familia de él? ¿si ellos no se quieren? –repuso Lucía, con frase entrecortada, pasando su diminuta mano por la barba de Fernando, suave como un manojo de seda; y pensando en las atrevidas palabras de la señora Inés vertidas en el salón de la Aguilera, decíase entre dientes:

—Me pesan como plomo sobre el corazón.

—Se aman ya: el amor no tiene, querida Lucía, el tardío crecimiento del roble, que pide los esfuerzos de la tierra, y aquí nace y aquí muere. Yo te vi y te amé. El amor es como la electricidad que fulmina el rayo; hiere como una chispa, viene del cielo, es luz divina, y por eso el que ama se regenera, se idealiza, sueña, teme, confía y espera en intricado tropel; porque has de saber, querida, que el amor no es la misma cosa que el instinto del macho y el calor de la hembra.

—Verdad, verdad, y... ¡tú me amas!... yo celebraría que esto se

---

139 *Huachito*: huérfano, solo, del quechua *wakcha*, sin tierra; pobre; huérfano; menesteroso; mendigo; pobre; sin recursos.

realizase antes de nuestro proyectado viaje a Madrid –dijo Lucía, acercándose a besar la frente de Fernando; porque sus pensamientos de celos nacientes se encontraban en los labios al hablar de los amores de Margarita.

Fernando levantó la cara frotándola con la mejilla de Lucía, y la besó en la boca, con el beso de la pasión que embriaga más que el vino.

—Muy rico –dijo ella aspirando aire nuevo para sus pulmones.

Margarita se encontraba encerrada en su habitación: de pie junto a una pequeña mesita, donde estaba el ajuar de costura con su canastilla, surtida de sedas, cordones y cintas en desorden. Abrió un cofrecillo de sándalo, y de él sacó la caja de terciopelo: un ligero esfuerzo del pulgar sobre el botoncillo de resorte hizo saltar la tapa, tomó su cruz de ágata en ella guardada, y la besó repetidas veces.

Su mente divagaba entre un pasado negro y un presente azul.

Su corazón comenzó a sentir la corriente pasional que, abandonando los sueños eróticos de la niñez, se inicia en las realidades de la materia, inclinando la fantasía a la clasificación de las formas del sexo opuesto y despertando fuertemente la curiosidad, emanación de la ignorancia.

Las lágrimas son en la mujer las que determinan siempre las tempestades del alma.

Gruesas gotas salobres resbalaron por las mejillas de la joven, horas antes radiantes de felicidad en el baile, y fueron a brillar como diamantes puros sobre el terciopelo de la cajita en que estaba la cruz.

Un médico hubiese descubierto en aquel llanto la manifestación de deseos no satisfechos, o el sacudimiento nervioso que da el organismo en el natural desenvolvimiento de las ideas del pecado en embrión; la exuberancia de la espera de la hembra, la duda en fin de la mujer que cree ignorar todo, pero que todo lo adivina, y llora.

El misticismo nace en semejantes horas, por la misma causa fluídica que de la nube llena brota la lluvia, y del choque eléctrico del rayo con la tierra se origina el trueno que, primero ilumina el espacio y después aterra el oído.

—¡Estoy enamorada!… ¿me amará él? –se preguntó la niña cuyo corazón acababa de abrirse a la vida de la pasión verdadera, como el broche de una flor delicada se abre al impulso de dos dedos que separan sus hojas una tras otra.

—¡Dios mío! ¡Dios mío! mi amor para Manuel, fue sólo confusión de sentimientos; era el hermano, la sangre de mi sangre: por eso sigo amándolo, y su amor no me avergüenza. Ernesto será mi primer amor. Ernesto será el alma de mi alma –dijo, arrojando con cierto ademán, mitad devoción, mitad despecho, la cruz que adoraba, en sus exaltaciones eróticas. En aquel momento, las oleadas de sangre comenzaron a invadir el seno de la mujer entrada en la plenitud del desarrollo.

—El baile ha sido, sí, sí, la cuna de marfil donde ha nacido mi amor –repetía, dando paseos y enredando sus dedos en el cordón de la bata. Después, agarrándose el pecho con ambas manos, y levantando los ojos como una *Madonna*, balbuceó:

—¡Esto es nuevo, enteramente nuevo en mí! ¿Será que Dios premia mi resignación?, ¿será que al fin he de encontrar la ventura? ¡ah! ¡no, no, yo soy desgraciada por el anatema de mi padre, por el infortunio de mi madre!

Y tornó el llanto, secado a medias, y cayó sobre el diván como desvanecida en sus fuerzas, escondiendo el rostro en las palmas de las manos, y un ligero hipo comenzó a ahogar los suspiros de la triste.

En aquellos mismos momentos una mujer, bien tapada con la manta de iglesia, llegaba a la puerta de la sala de recibo, donde Marín permanecía solo.

—¿Tengo la honra de hablar con el señor Marín?

—Servidor de usted, señora.

—He venido para importunar a la señora esposa de usted, con un pedido.

—Voy a llamarla, señora, si usted se digna esperar unos minutos –dijo él desapareciendo por entre los blancos cortinajes de la puerta lateral.

La desconocida que era de pequeña estatura, tomó asiento en uno de los sillones y comenzó a examinar los muebles del salón retorciendo al mismo tiempo los dedos de las manos, debajo de la manta negra, con ese ademán que indica la ansiedad, el temor, la duda y la esperanza, en los seres que en vano han implorado la caridad de sus semejantes en la tierra y aún aguardan un consuelo milagroso del cielo.

Lucía se presentó por la misma puerta por donde entró Marín.

Los grandes ojos de la señora abarcaron en una sola mirada la personalidad física y moral de la persona que la aguardaba; pálida, con los labios adelgazados y blanquecinos; la frente cubierta por un misterioso velo de tristeza, que revelaba con precisión la pena infinita que estaba oprimiendo aquel pecho, como con manecillas[140] de acero. Púsose de pie la desconocida, a quien Lucía extendió afectuosamente la mano, que la dama estrechó temblorosa entre las suyas huesosas. Circulaba en aquellos momentos, por las venas de la mujer enlutada, un calofrío que terminó en reaccionarse sobre el corazón, cuando oyó la agradable voz de la señora Marín, que dijo:

—Tengo la honra de hablar con...

—¡Ah, digna matrona! Mi nombre no le ha de indicar nada a usted: le soy desconocida en absoluto, y básteme decirle que vengo en nombre de la caridad cristiana a solicitar que usted salve a una familia que... perece... ¡que perecerá!

—Pero tome usted asiento, señora... si pudiese servirla...

—¡Ah, señora! parece que el cielo me niega ya todo amparo; pero las virtudes de mi madre, que fue una santa; el amor a mis hijos, ¡a mi marido!... ¡ah! ¡les amo tanto! me dan fortaleza para la última prueba... ¡señora!... ¡señora!... las horas vuelan... y si yo no acierto... todo estará... muerto... ¡muerto!... –repetía frenética por grados la mujer, en cuyos ojos acababa de estallar la tempestad del dolor, derramándose en llanto. Las lágrimas anudaban la garganta, pero las manos se cruzaron en ademán de ruego, y pronto fuele preciso taparse la cara con la orla de su raída manta, para ahogar los sollozos que hervían a borbotones en el seno blanco y suave como un raso.

—Tranquilícese, señora, tranquilícese.

—Cierto, cierto. Yo no debo perder un solo minuto, señora, es preciso comenzar pronto para acabar pronto –respondió enjugando sus lágrimas con la orla de la manta, y prosiguió: –Mi marido es un hombre honrado. Fue empleado en la Aduana del Callao. En un país donde la Justicia inspirara los actos del Gobierno, mi marido habría llegado al puesto aduanero más culminante; pero aquí, señora, todo se regula por el partidarismo político, los empeños personalísimos, la compadrería; todo eso se sobrepone a la competencia, y la nulidad avanza, sube y sube empujando al mérito hacia el abismo.

—Es que los que dirigen al gobierno también serán engañados.

---

140   *Manecillas*: los broches con que se cierran los libros de devoción.

—Sea de ello lo que fuese, señora, yo no me atrevo a contradecir la palabra de usted, pero… ¡nosotros estamos arruinados! En dos años hemos agotado cuanto había en mi hogar, desde las chucherías de los chineros hasta la ropa de cama.

—¡Señora!

—En vano hemos tocado mil puertas en busca de trabajo; pero todas las puertas han permanecido cerradas para nosotros, y esta preocupación social, nacida de la posición, será la muerte.

—¡No diga eso, por Dios!

—Señora, hace tres días que no tomamos alimento alguno… ¡ah!… ¡los niños!… somos seis de familia… tres hijos y una hija… ¡mi Nelly, mi tierna Nelly todavía nada entiende de los dolores de la vida y exige y se desespera!

Las fuerzas abandonaban visiblemente a la mártir.

La señora Marín fue acercando insensiblemente su silla al asiento que ocupaba la desconocida, escuchándola llena de unción misericordiosa, hasta que llegó a tomarle la mano entre las suyas y, estrechándola con calor, la dijo:

—Tenga fe en Dios, amiga… ¿yo soy ya su amiga, verdad?

—¡Oh! bendígala el cielo, señora Marín, y apiádese de nosotros. Hoy debía terminar todo; así he prometido a mi esposo, al adorado mío, a quien quiero tanto como a mis hijos… ¿Será posible romper el secreto sellado con un juramento? –al decir esto, la dama levantó al cielo los ojos, turbios por las lágrimas, y su mirada vaga paseó por entre las bombas de cristal de la araña de gas.

—¡Las horas se acercan!… ¡será negro, muy negro…sea! –dijo, con aquella palabra entrecortada de los pensamientos incoherentes que formula el cerebro delirante.

—¡Sea!…¡amiga mía! –repitió la señora Marín, adivinando con la intuición femenina que esa palabra importaba la resolución de revelar un secreto.

—¡Mi Pablo ha visto la situación sin remedio!… yo también la vi así, y mi Pablo es un buen hombre. ¡La muerte se nos presenta como único asilo!… ¡hemos buscado consuelo en brazos de la muerte!… ¿y los pequeños? –terminó sollozante la dama.

—¿Y qué? –interrogó Lucía sorpendiendo la huella de un crimen soltando la mano que tenía entre las suyas.

—¡Señora, no os sorprenda! El amor mismo, nos lleva a veces a acciones que sólo el odio produce. Este es un heroísmo, sí: cobardía no puede ser. Mi Pablo me ha hablado con el corazón en la mano. Ha conseguido, reuniendo gota a gota, pedida por caridad en las boticas, ya con pretexto de un dolor de muelas, ya con el de colerinas en los niños, una cantidad de láudano suficiente para nosotros seis. ¡Ah! el frasco se ha llenado al mismo tiempo que se han agotado nuestras esperanzas, y esta noche debemos dormir todos para no despertar más. Principiaremos por los pequeños.

—¡No tal, no tal! ¡imposible! –dijo Lucía poniéndose de pie, nerviosa e impresionada.

—¡Señora, nosotros mismos les quitaremos, en la hora del dolor, la existencia que les dimos en la hora del placer! Y después que tengamos entre nuestros brazos sus cuerpecitos fríos, inertes: entonces mi Pablo y yo, abrazados, beberemos también el tósigo, y… ¡todo habrá acabado!… ¡No, no, señora!… ¡salvadnos del crimen, salvadnos la vida!… –dijo ella poniéndose también de pie, juntando las manos en ademán de súplica.

Lucía estaba como abismada con aquella escena, desenmarañando en su mente un tropel de ideas que pugnaban por salir modulados en palabras.

—Resignada y resuelta estuve con el decreto de mi Pablo; pero conforme iban corriendo las horas, he ido sintiendo el frío del terror en mis venas, he contemplado un momento las cabecitas rubias de los pequeños, y burlando a todos he venido ante vos… ¡piedad! –imploró la madre sollozante.

—¡Horrible! ¡horrible! ¿Esta clase de miserias ocurren aquí? –preguntó Lucía, por cuyas mejillas acababan de resbalar los diamantes del dolor liquidados en lágrimas.

—Los salvaremos, sí… ¡desgraciada! ¡hermana mía!… ¿somos hermanas, verdad? –decía la señora de Marín, tratando de llevar ante todo la calma al espíritu de la mujer desconocida, cuyos dolores eran tan inmensos.

—¡Señora, es usted un ángel!

—No diga usted eso, por Dios, sólo soy una cristiana; cualquier otra persona haría otro tanto en mi lugar.

—No lo crea usted así, señora. Ya todo ha degenerado en las modernas sociedades. La caridad oculta, silenciosa, ignorada, que enseñó el Salvador, ha desaparecido en los centros donde la mujer rinde culto al fanatismo del clero; donde la forma externa es todo y el fondo nada. Aquí se llama hacer caridad levantar suscripciones en las puertas de los templos, dar beneficios en teatro; todo pura fantasía. Y aquélla que cree que su nombre no saldrá en los periódicos, no dará ni un centavo.

—¡No! el dolor, las decepciones hacen a usted pesimista, señora. De todo hay en la sociedad.

—¡Ah! perdone usted si la contradigo, pero aquí se publica en los periódicos hasta los trapos viejos que donan las socias de tal o cual institución, en beneficio de los pobres.

—Todo eso es posible; pero, juzgando con calma, no importa otra cosa que por un lado la carencia de noticias y por otro lado la ligereza de los cronistas. Por mi parte, no comprendo otra caridad que la del misterio y del silencio. Lo demás se llama filantropía, amiga; y ahora, ocupémonos de la situación de usted.

—Gracias, bondadosa señora.

—Ha dicho usted que su esposo fue empleado de aduana.

—Sí, desempeñó un puesto.

—Pues bien: yo tengo un amigo que precisamente necesita un caballero para llevar la contabilidad en un fundo azucarero, en el valle de Ate. El esposo de usted será el que ocupe ese puesto, le respondo –dijo Lucía levantándose, y por su mente cruzaba la idea de que ofrecer dinero era ofender la aristocracia desventurada.

—¡Señora, señora, por Dios! –repuso la desconocida, acercándose hacia el asiento de Lucía, arreglando la orla de la manta que caía hacia la frente.

—No se afecte usted con las dulces emociones, confíe, Dios no olvida al que cree y espera.

—¡Ese buen Dios la bendiga!

—El sueldo no será mayor de sesenta soles al mes, comprendo que sería muy poco en otras circunstancias, pero por el momento será salvador.

—Será la vida de él, la de los pequeños, la mía... ¡Nelly! ¡Nelly!

—Pues señora, he de permitirme dar a usted un mes adelantado, con la condición de que me devolverán ustedes descontando cinco soles cada mes, de los sueldos posteriores.

La desconocida comenzó a apretar los dientes con una risa nerviosa, y el calofrío de las emociones fuertes paseaba por su organismo. La señora Marín sacó una monísima carterita de cuero de Rusia, en cuya tapa estaban grabadas con oro las iniciales L. de M. y al pie 12 de Junio. Ajustó el brochecillo, sacó una fina tarjeta y, valiéndose del lapicero, escribió: "Calle de la Virreina número 427, almacén de los señores Mascaro". En seguida sacó un billete de Banco de cincuenta soles o otro de diez, y entregando todo a la desconocida, le dijo:

—Estos son los sesenta soles del préstamo. Con esta tarjeta que se presente el esposo de usted en la casa de las referencias, y le ruego que ahora al volver a su casa, tenga usted mucha cautela para comunicarle la noticia a su esposo. En el estado actual de su ánimo, sería peligrosa una impresion fuerte. En cuanto a los pequeños, ellos ¿qué saben?, béselos en mi nombre; los besos de esas boquitas con olor a durazno, con los que resarcen el alma de las congojas y de las amarguras que dan los mayores, ¡qué besos tan dulces, tan inocentes, son los besos de los niños! ¿verdad?

Los ojos de la dama brillaban con una chispa fosforescente, mientras que las pupilas de Lucía despedían la suave luz de la esperanza.

El corazón de la mujer desconocida había crecido tanto en aquellos momentos, que quería romper la valla del pecho como un capullo que revienta para dejar libre la mariposa. La lengua estaba entrabada por la tensión de los tendones cerebrales. Muda como una muñeca de resortes, agarró los objetos que le alargaba Lucía, besó frenética la blanca mano de la señora de Marín, y salió como una loca, bajando las escaleras con la agilidad de una chiquilla que vuelve de la escuela y tomó la dirección de Santa Teresa.

La señora Marín quedó como abismada por el cuadro final, y se decía a media voz, levantándose de su asiento:

—¡Dios mío! ¡qué grande, qué inmensa compasión te debe inspirar el suicida!... ¿Acaso todos saben lo que es el supremo momento en la brecha del dolor? ¿Acaso todos han sentido lo que sintió ese infeliz padre de familia? ¡Bendito seas porque los salvas! —Y guardó la carterita de cuero de Rusia, que aún sacudía entre las manos, en el mismo bolsillo de donde la sacó rato antes, y pensó en el dolor que acompaña a la virtud de los pobres y en el placer que rodea al vicio de los ricos.

XIII

Temprano, como de costumbre, abrió Aquilino la puerta de la chingana, esperando la llegada del principal, con quien tenía que hacer filtraciones para proveer las botellas de los estantes. La mañana estaba tranquila, el cielo sin nubes, la atmósfera cargada de aquellas sales afrodisíacas que predisponen el organismo a la sensualidad.

En los labios de Aquilino paseaba juguetona, plegando ligeramente las extremidades, una sonrisa voluptuosamente intencionada revelando lo que la mente saboreaba en esas delectaciones varoniles frecuentes en ciertos momentos. Sus ojos se fijaban con frecuencia en la casa fronteriza, y las manos fueron acomodando, casi por instinto automático, en la esquina derecha del mostrador, un almirez [141] de piedra blanca, palillos de canela, cantidad de papas y otros utensilios para la filtración proyectada, quedando la alquitara [142] en el suelo a medio metro de distancia del aparato de madera.

No tardó en presentarse un hombrecillo de baja estatura, cuadrado

---

141 *Almirez*: mortero, utensilio para machacar y moler.
142 *Alquitara*: alambique, instrumento para destilar.

de espaldas, de ojos sanguinolentos, barba rubia y poblada, con una cachimba[143] de tabaco entre los dientes; su sombrero de fieltro echado
atrás, la chaquetilla abierta sobre la camisa que no llevaba chaleco, las
manos metidas en los bolsillos del ancho pantalón de casimir color pol-
villo.

Saludáronse ambos con un movimiento de cabeza, y el de la cachimba sacó las manos de los bolsillos para ponerse a contar las papas
que fue echando en un cubo con agua. Luego que estuvieron lavadas,
ambos italianos las rellenaron en un cubo de doble fondo colocado
sobre un bracerillo de ron, que Aquilino encendió con un fósforo de
palo, y el principal, quitándose de la boca la cachimba, vació la ceniza
al suelo, dando dos ligeros golpecitos en el filo de mostrador, y la colocó
junto a una caja de avellanas fijando su atención en la esfera del reloj
de pared, y levantando un cuchillo de punta hizo cuatro rayas paralelas
en el tablero del mostrador, y dejó el cuchillo nuevamente cerca a un
racimo de velas de sebo que estaba en un clavo del armario del almacén.

—¡Caramba! que esto de apelar al mortero es de paciencia –observó Aquilino, dando una vuelta por el espacio que quedaba en el
centro.

—*¿Qué lo vamos a hacere, paisano? En esto pai non conochen los ci-
lindros dentatos para molere la patata; en fin, la tolva suplire en parte, y
adelante el hervore* –repuso el principal, rascándose tras de la oreja y ob-
servando, con mirada de lince, que ya el vapor invadía el cubo, moviendo las papas que pronto quedaron cocidas. Estas fueron maceradas
en el mortero, por Aquilino, trasladadas a la tolva y puestas en el tonel
hecho con robustas duelas de madera cuidadas por aros de hierro, en
cuyas trece pulgadas de fondo tenía otro tonelete de doble fondo, con
aberturas cónicas de dos milímetros en su parte inferior, guardando
entre sí el espacio de dos milímetros.

Hacia la izquierda del tonel, veíase un tornillo de cinco centímetros
de diámetro con una cruceta de hierro a la parte externa, que fijaba la
abertura para introducir las patatas maceradas, ya en estado de masa,
y un tubo central, sin duda para dejar que se escape el vapor no con-
densado, igual al que existía para dejar que el vapor entrara bajo el
disco.

Aquilino bajó la rosca de manera que la cruceta tocaba al doble

---

143 *Cachimba*: pipa.

fondo, y el compañero comenzó a echar por encima patatas como hasta treinta centímetros de la parte posterior del tonel, y cerró inmediatamente el tornillo cuya presión haría llegar el vapor por el tubo hasta el depósito de las patatas; y después, fue subiendo y bajando la rosca para que el elemento, ya en papilla, pasase al través de los agujeros del doble fondo.

El principal mezcló una cantidad de agua con un milésimo de potasa cáustica y la vertió en el tonelete a fin de disolver la materia albuminosa coagulada por el calor y conseguir la masa homogénea, limpiándose las manos en seguida con un pedazo de papel, mientras Aquilino entonaba un aire de *El anillo de hierro*. En seguida tomó una sustancia en proporción de uno a veinte del peso de las papas, y agua suficiente para que la temperatura se elevase a una altura de setenticinco grados centígrados; y siguiendo el ejemplo del vecino comenzó a tararear algo del coro de *Los puritanos*.

—¡Acabado! El cuerpo pide un descanso —dijo Aquilino dando una palmada en el mostrador, y, colocando ambas manos sobre el tablero, miraba fijamente a la casa fronteriza en cuyos balcones acababan de levantarse las persianas.

—*El cuerpo pide descanso, pero non le dare gosto. Vaya, agite con atención, mire que puede perdere toda la patata que aure etare care* —observó el principal, ordenando al joven que volvió a su puesto y continuó agitando la filtración por el espacio de dos horas más, obteniendo la fermentación de una manera que maravillaba al principal, quien dijo:

—*Aura echare agua fría.*

—Bien, bien —repuso Aquilino y vertió el líquido para hacer descender la temperatura a veinticinco grados para el trasijo que fue hecho en diferentes envases, con distintas etiquetas, sin otra distinción que la de materias colorantes.

—Este, coñac.

—¿Este?

—*Anisao.*

—Este, italia de Locumba.

Fueron diciendo los dos hombres a medida que pasaban las botellas de una mano a otra; y el vaho del alcohol subiendo en imperceptibles nubecillas, embriagó el cerebro de Aquilino, cuyo corazón acababa de dar un vuelco comenzando a girar en su mente como aristas de colores las partículas pasionales que le invadieron en la mañana, y fueron como espantadas por la mano del Trabajo que embargó su atención durante tantas horas.

El hombre de la chaqueta tomó su cachimba de la esquina del mostrador donde la había dejado, sacó tabaco de un cajoncillo, preparó la cachimba, y con ella en la boca púsose en actitud contemplativa, con ambas manos en las caderas, repasando con la vista la doble fila de botellas blanquecinas, color topacio, color rubí y mosto; arrojando densas bocanadas de humo, gozoso de ver su obra.

Y cuando Aquilino principió a llevar las botellas a los armarios, el principal salió de la chingana tarareando un aire de Bellini, cuyas notas salían por la abertura que dejaba entre mandíbula y mandíbula la boquilla de la cachimba envuelta, de rato en rato, en humareda blanquecina.

XIV

—¡Lárgate a los mil demontres! *¡Per Dio santo!* –exclamó Aquilino al ver alejarse al principal.

Proyectaba la realización de la gran empresa cuyos gérmenes rebullían en su cerebro, sacudiendo poderosamente su sistema nervioso, produciéndole ligeras horripilaciones [144] en la columna dorsal y en la parte superior de los brazos.

El hombre estaba en el momento psicológico que determina de las grandes acciones a las que empuja una fuerza motriz, siempre real, porque siempre triunfa, aun cuando vaya rodeada de circunstancias que son como pequeños fantasmas, ligeros y obedientes a la atracción que el mal ejerce sobre los organismos animales, de cuyo estudio se preocupan así la ontología como el hipnotismo.

Una de esas circunstancias estaba encarnada en Espíritu, la mulata avisada[145], resabiosa[146], divertida, que apareció en el dintel de "La Copa de Cristal" con sus ojos blancos, lánguidos, con la languidez fría que

---

144 *Horripilación*: estremecimiento.
145 *Avisada*: prudente, sagaz.
146 *Resabiosa*: mañosa, que tiene malas mañas, vicios o malas costumbres.

produce el exceso de los placeres, con la manta de iglesia echada al descuido, el pelo desgreñado, la voz ronca:

—¡Hola, mi guapa!

—¡Dios me lo guarde, *bachiche*!

—¡Está *usté*... de cenársela!... ¡esos ojos!... buena que la habrá dado *usté*, mi guapa –dijo Aquilino halagando a la morena con el tacto del hombre que ha viajado mucho y ha visto mucho, y que reconocía en aquella mujer el instrumento preciso para llegar al desenlace de la historia de Camila, iniciada con todas las probabilidades del éxito.

—No tan mal que digamos, ño Aquilino; festejamos con humor a mi compadre.

—¡Hola, hola! ¿así que el cuerpo pedirá una mistela?[147]

—Si *usté* es tan mano franca, hasta dos se las recibo –contestó la morena que, por su parte, no echaba en saco roto el interés demostrado por el pulpero, quien sirvió dos copas del licorcillo nuevo y brindó la primera a Espíritu.

—¡*Salú*!

—¡*Salú*!

Ambos libaron.

Con aquella copa se acercaron las gentes sin buscarse, y comenzó a brotar el manantial de las confianzas, actuando las naturalezas deliberadamente en servicio de sus propias inclinaciones.

—¿Y *usté* la pasó bien? ¿Qué tal la *regunión* de su frente?

—De perla, ña Espíritu, si *usté* me ayuda, me subí al trono. Entré y le dí un abrazo y hasta un beso.

—¡Guapazo de *verdá*!

—*Usté* tiene la culpa, ña Espíritu, *usté* las compondrá todas.

—Desde luego, y como *pa* mi ha de ser la mitra de *pão* me toca el buen servicio y la *iligencia*.

—Gracias, yo no seré ingrato.

—¡Guá! no será *usté* el santo primerito que yo ponga en trono de plata.

—Ni seré santo sin milagro ¿eh? –repuso el italiano, pasando la silleta de madera sin espaldar por encima del mostrador e invitando asiento a la mujer, quien recibió el mueble, y sentándose dijo:

—¡Jesús! ¡y qué calor!

---

147 *Mistela*: bebida a base de aguardiente, agua, azúcar y canela.

—Será bueno que pruebe *usté*, ña Espíritu, un coñacito recién llegado –ofreció el pulpero disponiéndose a servir.

—*Avante*: y a todo esto ¿con que ya hubo sus besuqueos? pues, *too* está *allanáo*.

—No tanto; yo necesito una entrevista, y eso dejo a su cargo, ña Espíritu. Yo no me confío de nadie. Vamos, tomaremos este *busca pleito* –dijo el italiano levantando la copa servida con anisado.

—¡Guá! yo *noi* de pleitear, mejor es un *caballero de Gracia* –replicó la morena haciendo uso de la sal limeña que sazona el paladar de las mujeres sin distinción de colores, y ambos apuraron una mitad del licor dulcete, aromático, de anís, preferido entre la gente del pueblo, puesto él de pie al otro lado del mostrador, ella sentada en la silleta apoyado el brazo en el codo sobre el tablero, levantada la barba, fijos los ojos en el rostro de su amigo, como inquiriendo los deseos que se esconden en el pecho ajeno para lograr satisfacerlos.

—Sea a la *salú* de *usté* y a la *güena* ventura –agregó ella, levantando la copa para vaciar la otra mitad, enjugándose después los labios con el reverso de la mano izquierda, al mismo tiempo que colocaba la copita vacía sobre el mostrador.

—¿Qué tal el licorcito? –preguntó el pulpero, calculando entrar después en el fondo del asunto principal.

—Está *e caliá*, ño Aquilino, como *too* lo que sale de "La Copa *e* Cristal".

—Está filtrado hoy, garantido, uva pura, hecho en la alquitara de casa; ahí la tiene *usté* –aseguró él, señalando el mueble que aún permanecía visible, y secó su frente con un pañuelo de orla roja.

—Con razón; si yo *ecía* ¡qué saborcito tan especial!

—Bueno, mi guapa: ya sabe *usté* que yo quiero hablar a solas una de estas noches a la niña Camila, hacerle el *mono* así, así no más…

—¡Ju juy! –rió la morena; pero con aquella transición tan frecuente entre las de su ralea, dijo:

—Me gusta su planta de *usté*, ño Aquilino. Como consejera yo haré el *fui-fui* [148], será *usté* mi *ahijao*. Le parece bien que yo…

—Es claro, todo. A *usté* confío este secreto tan grande, y si soy algo algún día, *yo seré yo*.

—*Manífico* ¿y qué?

---

148 *Fui-fui*: onomatopeya de "magia".

—Me entrego en sus manos, ña Espíritu, ña Espíritu –repetía Aquilino con ademanes que hicieron levantarse de su asiento a la mujer y decirle:

—*Güeno*: armo yo la canasta, y en la canasta... va *usté... put... la madre, put... la hija, put... la manta que las cobija* –agregó riendo la mulata y cerrando maliciosamente los labios, después de lanzar tamaño refrán, hizo una cruz sobre ellos.

El italiano se puso rojo como un tomate, mas, reponiéndose, contestó:

—Trato cerrado; pero ha de ser de noche, porque de día no puedo dejar la tienda.

—Ni *necidá* tiene *usté* de aclararme el cuento. Con que, trato de juez de paz: yo cumplo lo que ofrezco, y mañana será otro día, patroncito –dijo saliendo precipitadamente, sin dar lugar a que el italiano le diese instrucciones de ningún género y pensando en la propina que le produciría aquel servicio.

—Pretexto de cocina o de lavado no *hae fartar*. Las mujeres son mujeres y los hombres son hombres –pensó ella y siguió su camino.

XV

Dos brazos abiertos recibieron a Ernesto cuando traspasó la puerta de la salita de recibo.

Eran los de su madre que, cariñosa y buena, esperaba el regreso del hijo para las confidencias del hogar, donde los reóforos[149] del alma van de corazón a corazón.

Dos ojos grandes, brillantes como luceros, dos ojos de mujer limeña se escondieron detrás de la persiana de la reja fronteriza al cuarto de Ernesto, cuando él acabó de cruzar el zaguán. El airecillo de la mañana agitó las cortinas blancas, y un suspiro parecido al arrullo de la tórtola hizo ondular las gasas y los encajes del peinador que velaba el seno de la dueña de aquellos ojos, joven apenas entrada en los dieciocho abriles, mujer bella, cuyo nombre, Adelina, respondía poéticamente al idilio encerrado en su corazón.

La estatura de Adelina respondía a la de las creaciones delicadas: su tez con la blancura de la azucena, aumentaba las dimensiones de los

---

149 *Reóforo*: cada uno de los dos conductores de corriente de una pila eléctrica.

ojos negros como ala de cuervo, ornados por cejas arqueadas y pestañas abundantes y retorcidas en la extremidad, tan negras también como la cabellera que suelta, caía como un manto de carey sobre las espaldas de la vírgen.

Esta mujer podía ser un ideal para un artista pintor, y era una idealidad realizada para el novelador que copia y no inventa.

Su alma encerraba un poema de ternura que, en la vida borrascosa, suele murmurar como el susurro del cristalino arroyo que pasa por la pradera sembrada de alelíes y gramadales[150], besando éstos y aquéllos y aspirando el perfume de entrambos.

Adelina encerraba también en su alma de artista erótica un ideal.

—¡Ernesto! ¡Ernesto!

***

La madre de Casa-Alta notó, sin esfuerzo alguno, la tristeza que se trasparentaba en el semblante de su hijo, y, con esa doble vista que posee la madre, vio que el corazón salido horas antes sereno y libre, volvía turbado y prisionero.

—¿Quién será ella? –pensó– ¡Dios mío, haz que sea digna para amarla también yo, y tendré en mí, tres almas en lugar de una! ¿Qué tal el baile de las Aguilera? –preguntó con el deliberado propósito de llegar al fin.

—Espléndido, mamá, espléndido. He conocido en el baile una familia magnífica, de un caballero Marín.

—¿Nueva en Lima?

—No tan nueva como tú crees; hace más de un año que vive acá, pero retirada; no gusta del bullicio social.

—¿Tiene una hija encantadora, no?

—¿Tú la conoces? –preguntó sorprendido el joven, dando un paso hacia adelante.

—No, pero la conoces tú, y tú la quieres –respondió la madre de Ernesto con angelical sonrisa llena de intención.

—Mamá –dijo Ernesto esforzándose por disimular sus emociones

150 *Gramadal*: prado cubierto con pastura.

y tratando de esconder a su madre, por la primera vez, el verdadero estado de su alma, actualmente en el brote de la más hermosa de las flores que perfuman la primavera de la vida.

—Es modesta y sencilla esa señorita ¿verdad? —volvió a preguntar ella, llegándose hacia el hijo y poniendo cariñosamente la mano derecha sobre el hombro del joven, mientras que sus ojos lo envolvían en la mirada de ternura infinita y sus labios se plegaban ligeramente con la sonrisa de niña que también asoma a los semblantes que ostentan en la cabeza la nieve de los años.

—Sencilla, modesta, buena, hermosa —enumeró Ernesto sin poderse ya dominar.

—Si os amáseis, hijo mío, os bendeciría.

Hubo algunos momentos de silencio.

Ernesto reconcentró sus pensamientos frunciendo el entrecejo y después, lanzando un hondo suspiro, en actitud de eludir toda otra explicación, dijo:

—¡Madre! ¡somos muy pobres y Margarita creo que es rica!

—¡Tanto mejor! —pensó la señora viuda de Casa-Alta.

Ernesto se precipitó a su habitación de dormir en momentos en que el piano de la reja fronteriza enviaba al aire los arpegios de un corazón joven, interpretando en el teclado por los marfilados dedos de Adelina que tocaba "A las tres de la mañana", vals de Amézaga[151], inspirado y aéreo.

Ernesto comenzó a quitarse el frac y todas sus prendas del baile; pero completamente absorbido por un mundo de ideas financieras que cruzaban por su mente con toda la audacia de la ambición.

—¡Con diez mil soles!... —dijo colgando la corbata de batista blanca en una perilla de losa colocada junto al lavabo, y cuando dio media vuelta, sus manos tropezaron sobre su pequeña mesa de escribir, con un ramillete de pensamientos y albahacas arrojado desde la ventana; ese ramillete estaba graciosamente atado con una cinta azul como el cielo, en cuya extremidad iba formada con cabecitas de alfiler una A mayúscula, que podía significar Amor, Ausencia o Adelina.

Ernesto agarró el ramillete con devoción beatífica, y llevándolo a sus labios murmuró con voz imperceptible:

—¡Mujeres!... ¡cielos de dicha, modelos de abnegación, de gra-

---

151 *Amézaga*: Emilio Germán Amézaga Llanos (1870-1931) músico y compositor limeño, conocido por sus valses peruanos.

titud, de poesía!... ¡Mujeres!... ¡sinónimos de sacrificio, sólo las almas negras, sólo los corazones secos se atreven a calumniaros!... Pero... ¿qué misterio insondable existe en este pedazo de carne que late y siente en mi pecho?... ¡Margarita, tu amor me embriaga!... ¡Adelina, tus flores me adormecen!

Y cayó sobre el blando lecho de soltero, esmeradamente cuidado por la delicada mano maternal.

Y, junto a él, en la vivienda fronteriza, acababa de callar el mueble de Beethoven, con la brusquedad del corazón que es detenido en las dulces palpitaciones de un arrobamiento amoroso.

Allí estaba la Desgracia disfrazada por los dieciséis abriles de Adelina, por la blancura de las cortinas, por la pulcritud de cuanto objeto encerraba aquel retrete, mitad taller, mitad dormitorio y sala de recibo, con mil curiosidades de paja, de papel plateado, de felpa, prendidas en las paredes; con primorosa variedad de antimacasares[152] de *crochet* y de punto de cadeneta, que eran las manifestaciones de la velada de su dueño.

Aquella niña esperaba sin tregua. Atisbaba con la constancia del minero.

Aguardaría en vano. Atisbaría sin fruto.

Ella se puso a tararear la romanza de "Los diamantes de la corona", sin hacer grande mérito del ritmo, con la cabeza preocupada con las mil ilusiones que a su edad pasan por la mente como luciérnagas por entre la densidad de una humareda.

Son luces abrillantadas y fosforescentes para el que las ve en la noche de la ignorancia; son gusanos negros y verduzcos para quien los contempla de día, a la claridad de las realidades.

De repente calló el labio de la muchacha que acababa de estremecerse con la idea de que Ernesto pudiese haber besado sus flores.

—¡Mi ramillete!... –dijo instintivamente abriendo los ojos como dos luceros, y luego, con la precocidad con que se apaga la llamarada de papel, bajó tristemente la mirada y un suspiro envolvió en su aire quemante de mujer histérica estas palabras: –¡Mi destino está escrito con tinta negra por la despiadada mano del egoísmo social!... ¡No, no y no!... ¡él no podrá amarme nunca! ¡Pobre y sola! ¡mi existencia es hermana de las campánulas silvestres, que allá viven ignoradas en la

---

152 *Antimacasar*: lienzo que se ponía en los respaldares de los asientos para que no se manchasen con las pomadas para el cabello.

espesura del bosque y allá perfuman y allá mueren! ¡Ay! ¡ay! ¡siquiera las acaricia la brisa para tomar su aroma; siquiera las abrillanta el rocío que tiembla entre sus hojas como el diamante que llora la aurora!... Sí... ¡también puedo llorar yo!... ¡mis lágrimas serán las perlas de mi corona!

Y fue corriendo a tomar el carretel de la máquina de cadeneta, que se puso a surtir de seda roja para bordar un monograma en la orla de un pañuelo.

El pensamiento que rápido varía se fijó entonces en el recuerdo de su madre, ese amparo santo de todos los amores cuando los dolores aniquilan.

—Allí... en esa esquina... en ese mismo lecho blanco y humilde... allí murió ella... santa, resignada... heroica... murió llorando a mi padre... dejándome la herencia del dolor... ¡Ah! ¿cómo moriré yo?... Llorando también –todo esto pensaba la niña mientras sus manos trabajaban, y tenía hecha casi toda la cadeneta del monograma.

XVI

E staba entrada la tarde.

El reloj de la Municipalidad acababa de señalar las cinco, cuando la campanilla del dormitorio de Ernesto se agitó con acelerados golpes dados por el mismo hombre cojo y tuerto de pantalón raído, sombrero mugriento y voz tiple que detuvo a Ernesto a la salida de la casa de Marín.

El dormitorio del joven Casa-Alta no era de aquéllos que confortan las exigencias del lujo y del sibaritismo.

Su casa era lo único que allí sobresalía, pregonando los cuidados maternales. Después, más parecía un salón de escribiente, con papeles diseminados sobre la mesa y los asientos, y entre ellos confundidos los cepillos de ropa, los tirantes del pantalón y las corbatas ajadas.

En la pared, encerrado en marco de caña de la India, estaba colgado el diploma de Bachiller; y junto a la mesa de noche un cuadro de San Luis Gonzaga, que la señora viuda de Casa-Alta había colocado allí con muchas recomendaciones para su hijo, al patrón de la juventud estudiosa.

Sobre el lavatorio aún permanecían en desorden, la caja de *Marfilina* y el vaso con el agua blanquiza en que se remojaba el cepillo de dientes y los pomitos de esencia de *Atkinson* que perfumaban al joven para sus salidas.

Primero observó Ernesto a través de los vidrios de la mampara, y después abrió la puerta donde permanecía el hombre mugriento, revelando en el semblante la impaciencia de un gran acontecimiento.

—Señor, mi amo, la de a diez mil, la gorda, la buena, se la *boté* a *usté* –fueron las palabras con que el hombre saludó a Ernesto, cuyo semblante se contrajo en todas las formas de las emociones encontradas.

—¿La de diez mil? –preguntó éste, y en sus ojos apareció la fosforescencia del triunfo, igual a la fosforescencia de la lascivia que se pinta en las pupilas del macho. Esa luz era ahora el relámpago del triunfo.

Se dirigió hacia la percha de la ropa, donde estaba el sobretodo junto al frac, y del bolsillo del primero sacó el papelito róseo de la lotería del Callao.

—¿Cuál es el número premiado?

—95498, señor, el mismo que *usté* tiene.

—Pues, ya que la suerte nos visita, vamos hoy mismo en busca de la dicha –dijo Ernesto agitando el billete, corriendo al interior en busca de su madre, y dejando solo al suertero sucio, cojo y tuerto que pensaba en alta voz.

—¡Suerte! ¡suerte! pues, *a quien Dios se la dio, San Pedro se la bendiga.* Pero ¿cuánto me dará de propina este buen señor?

En la reja del frente se oía el ruido acompasado de la máquina de coser a cadeneta, y una vozecita que se desvanecía con el ruido de las ruedas, porque era la tenue vibración del pensamiento traicionado en los soliloquios involuntarios.

—Cuántas señoritas de la *crema* amarán también, lo mismo que yo, en silencio, en misterio... ¡Si habrá aspirado el perfume de mis flores! ¡Si adivinará que allí va todo el aroma de mi alma! ¡Albahacas y pensamientos!... ¡Dichosos, dichosos!... ¡Jesús! ¡no sé por qué se

turba tanto mi sueño; no sé por qué se estremece mi seno!… ¡ah! ¡qué
frío tengo!… ¡no!… ¡es el rubor que asalta mis mejillas!… ¡quién pudiera decírselo!… ¿Yo?…¡por nada, por nada!… ¡Adiós! ¡que equi-
voqué la cadeneta! –dijo deteniendo la rueda con la mano izquierda,
mientras que la derecha sujetaba la tela contra el brazalete que acababa
de suspender la aguja enhebrada con seda roja.

Tenía dos puntadas cruzadas por la derecha.

Necesitaba hacer un remache de mano, porque el trabajo de cadeneta es corrido, y soltado un punto se siguen los otros.

Adelina dio una ligera patada de impaciencia en el suelo, cuando
notó el error; pero con la docilidad de la nube que se levanta cual copo
de algodón y al impulso de la brisa se disemina en vellones que invaden
el horizonte azul, Adelina volvió a su calma habitual, y tarareando un
airecillo de las coplas de Amancaes, comenzó el remache a mano, poniendo, luego, letra a su cantarcillo, letra copiada por ella y aprendida
de memoria:

> Una casita de tosca piedra
> junto a la margen de un manantial,
> donde florezca la verde yedra
> do enamorado cante el turpial.[153]

> Un manso lago de blanca espuma
> en cuyas ondas de azul color,
> boguen los cisnes de nívea pluma,
> al son del remo del pescador.

> Un cielo limpio lleno de estrellas
> desvaneciendo la oscuridad,
> suaves perfumes, músicas bellas
> y allá a lo lejos la tempestad.

> Sobre mis labios tus labios rojos,
> un solo pecho de nuestros dos,
> juntas las manos, cerca los ojos
> y nuestras almas cerca de Dios.

---

153 *Turpial: Icterus icterus*, ave sudamericana de unos 22 cm, cabeza, cuello, garganta y parte
superior del pecho, las alas y la cola negro brillante, plumas de la garganta largas en forma
de lanza formando una "barba", el resto del cuerpo es amarillo anaranjado, con la piel
alrededor de los ojos y las patas azules. Vocaliza a cualquier hora del día con frases cortas
y enérgicas.

XVII

En la casa de las Aguilera se operaba el cuarto de conversión que sigue a las horas de jolgorio.

El menaje de comedor iba en retirada al son del traqueteo de los platos, cubiertos y copas recontadas para empaquetarlos, hasta nueva ocasión, en los aparadores de cedro y lunas azogadas.

—No guarden todo, que ha de haber muchos a comer el resto –observó el ama de llaves.

—Sí, a la de *igestión* no faltarán –respondía el mozo, cuando apareció Espíritu, conocidísima en la casa por haber servido de lavandera.

—Nuestro Amo y *Señó* de los Milagros me los *huarde* –saludó desde el dintel.

—¡Hola!

—Pase, ña Espíritu ¿cómo no vino ayer?

—Ayer ni me había *acordau*, si no es por ño Aquilino… y también tendrían mucha aristocracia *reunía*, para saludar a *ñiita* Camila, hoy es mejor.

—*Más vale tarde que nunca*.

—Llamen, pues a la *ñiita*.

—Ahí viene.

—¡Jesús! qué linda como se ha puesto esta criatura que he visto cortar el ombliguero.

—Hola, Espíritu ¿de dónde pareces? –dijo Camila que llegó.

—Aquí tiene *usté ñiita* a su morena que viene a saludármela. ¡Tan linda! –dijo ella llegándose en ademán de abrazarla e inclinado la columna dorsal con estudio manifiesto.

—¡Gracias! que te conviden alguna cosita.

—*Ná, ñiita, ná.* Pero siéntese *usté* un ratito; ¡Jesús tan linda!

—Gracias, estás muy adulona –contestó Camila dando una palmada en el hombro de Espíritu y sentándose en una silleta.

—¡Tan hermosa! –repitió la morena y llegándose más a Camila dijo a media voz: –*Ñiita, ese* Aquilino tan buen mozo, tan *arreglau*, tan simpático, está *loqueau* por hablar a *usté* dos palabras. Diz que si *usté* no le concede dos palabras se tira un tiro ¡Jesús! está *loqueau*.

Camila se puso encendida como la flor del granado; por sus venas corrió el calofrío y temblorosa como la sensitiva.

—Calla, Espíritu, calla –dijo en voz casi imperceptible y llevando el índice a los labios.

—Mire *ñiita* que con esas cosas no hay que jugarse. Tantos hombres no se han *pegau* un tiro por cosa *e ñáa*. Yo seré la única que sepa. ¿Qué *necidá* hay de que nadie se imponga de que *usté* hable o no hable?

—¡Chist!

—Si *ná* de malo hay tampoco.

En el organismo de Camila comenzaba en aquellos momentos la gran batalla entre lo cierto y lo incierto, presentándosele vivos y latentes los *cuadros clandestinos* de doña Nieves, de su madre que durante las ausencias de don Pepe recibía visitas misteriosas, observadas por Camila con la avidez que engendra la curiosidad de los ocho años.

Bastantes lecciones recibió de antemano, de la madre misma, para aquella hora en que la materia pugnaba por despertar, y las alas del ángel de la inocencia, se agitaban por conservar todavía el suave, dulcísimo narcotismo en que se amodorra quien todo lo ignora; mientras que, a pocos pasos de distancia, tal vez al alcance de las corrientes magnéticas, se sacudía también el organismo de un hombre, con los terribles ardores del que todo lo sabe después de apurar el veneno de las pasiones en el tosco vaso de barro.

Espíritu permanecía cerca de Camila con esa frialdad estoica del cansancio pasional que ya sólo saca fuerzas para ayudar al mal de otros, mirado como un bien tras el engañoso prisma de las groseras exigencias materiales.

—¿Su mamacita de *usté* no recibía a tanto pobre, con *voluntá?* –dijo Espíritu precisando la contestación; pero al notar que la niña estaba turbada plenamente, aprovechó del silencio de Camila para decirle:

—Lo voy a traer, *ñiita* esta noche, de nueve para adelante. Sí, sí…

—Esta noche no, Espíritu, dile que venga mañana a las siete –dijo la muchacha presa de la turbación más grande, levantándose del asiento y echando a correr hacia su cuarto para esconder en la alcoba las emociones que, cual borbotones de sangre caliente, cortaban la respiración en su garganta.

La naturaleza estaba en el momento preciso para doblegarse.

El sistema nervioso crujía con sacudidas idénticas al desmadejarse un rollo de alambre.

La atmósfera que envolvía a la ciudad estaba saturada de olores fuertes, extraídos con esa fuerza tropical que arranca también la sensualidad a los riñones débiles.

La magnolia, el ñorbo[154] y los jazmines hacían el esfuerzo de la flora limeña.

El aire estaba, no envenenado, sino saturado de gérmenes afrodisíacos en una temperatura de veintiséis grados centígrados a la sombra: el sol suspendido todavía en el horizonte, aunque próximo a sumergirse en el mar vecino, reinaba con los últimos resplandores del monarca que aún gobierna.

Ni la más ligera gasa en forma de nube interceptaba los rayos que oblicuos iban a herir los cristales de los balcones y de los faroles dispuestos para alumbrar luego la encantada ciudad, con la diamantina llama del gas.

El termómetro marcaba la hora de las germinaciones en el seno de

---

154 *Ñorbo*: *Passiflora punctata*, planta de adorno, de flor pequeña y muy fragante.

la madre, secretos que, acaso, sorprende el naturalista para precisar por qué en la tarde la magnolia y la margarita emplean todo el esfuerzo de su actividad olorante para embriagar el olfato del hombre, y por qué el hombre siente en sus venas ese efluvio de las magnas efervescencias de la sangre que le impelen a arrojarse en brazos y seno amantes, brazos del placer; excitados los sentidos por la atmósfera tibia y olorosa, estimulada la carne por un eterno desconocido que nombran pecado y es naturaleza que se rebela contra las cadenas de la hipocresía.

Camila en su alcoba, Aquilino en la trastienda, respiraban igual atmósfera.

Enfrente del cuarto de Camila estaba doña Nieves entregada al acicalamiento personal.

Mujer altanera, orgullosa, dominante, olvidaba sus liviandades del pasado, apuntadas ya en la conciencia del público y disimuladas por la hipócrita sociedad que, en virtud de las *recepciones* llama crimen o diversión lo que el novelista copia con el verdadero colorido y determina con el verdadero carácter:

Vicio.

¿Camila y Lolita por la cruel expiación ajena, iban a recibir la herencia de la madre, a ser las víctimas escogidas para abatir el orgullo y la falsa virtud?

Es ley que se cumple con rigorismo doloroso; ley fatal de trasmisiones de sangre que se cumple en las familias por la inevitable sucesión de acontecimientos que dieron origen al dicho de *hijo de quesera ¿qué será?*

—Con este terno de topacio, voy a dar rabieta a las Requero que vendrán a la de digestión —se decía doña Nieves, descubriendo un estuche de terciopelo rojo, aplicando en seguida al cabello el tinte de Barry, a las mejillas las perlas de Barry y a los labios la crema de cerezas.

XVIII

E spíritu se puso en dos trancos, otra vez en "La Copa de Cristal".

El italiano encontrábase sentado en la silleta sin espaldar, con la pierna izquierda recogida y la derecha extendida horizontalmente, apoyando el talón en el suelo y levantada la punta del pie como una estaca charolada. Tenía en la mano derecha el cuchillo de fierro con que preparó los tallarines verdes, teñidos con zumo de acelga, y con la punta hacía mil rayas sobre el mostrador de madera, ocupación material que en nada afectaba los giros de su imaginación fantástica.

—¡Si *usté* ha *naciú* de pie! –dijo Espíritu llegando.

Aquilino soltó maquinalmente el cuchillo, levantó la barba y fijó la mirada centellante de sus ojos azules sobre el rostro moreno y marchito de la mujer, al mismo tiempo que, recogiendo con rapidez la pierna extendida, preguntó entusiasmado:

—¿Posible?

—¡Ya se ve! La niña está *calamucáa*[155], y se acabó.

—¡No se juegue, ña Espíritu, mire *usté* que… si… eso es falso me haría un daño!… *¡per Dio Santo!…*

—¡Qué daño, ño Aquilino! *¡usté* es el que va a *dañáa…* enjundia… va a *beneficiáa!*

—¿Consiente en recibirme? –preguntó poniéndose de pie.

—Claritito… pero no hoy, mañana.

—Es igual.

—¡Pues, y el trabajo que me ha *costau* convencerla! –dijo la morena desembozando la manta y sentándose en el asiento que Merlo dejó franco.

El acababa de pasar al otro lado del mostrador y, silencioso y meditabundo, sacó un billete verde del Banco de La Providencia del valor de veinte soles, que comenzó a encarrujar[156] entre sus dedos, mascullando frases a medias.

—¡Ya las niñas de *aura* saben ño Aquilino, la misa en latín… no son como las e antes, que se tragaban anzuelazos como la calva de un *señó senadó!* –dijo la morena acompañando la frase con el ademán, abiendo en alto las dos manos como cogiéndose la propia cabeza y voltejeando los ojos blancos como un huevo de paloma.

—¡Ña Espíritu, *usté* vale… una mina!… ¡qué *diablo!…* una mina… y no se cómo me atrevo a ofrecerle esto para el bizcocho de las pequeñas –repuso el italiano alcanzando el billete cucurucho que ella tomó con la finura con que se recibe un cigarrillo.

—Que se le vuelvan miles e soles en el cajón –dijo ella guiñando el ojo, y dejando comprender que bien sabía que en la partida empeñada el interés obedecía a los móviles que el amor no dictaba.

—Gato el que posee, don Aquilino –agregó la mulata riendo como una descosida, y como herida por una corriente eléctrica dejó de reír, se puso seria y por su mente cruzó el recuerdo del lienzo de Santa Mónica.

—Con esto la desempeño –pensaba la mulata, mientras que Aquilino concertaba sus planes para que la segunda entrevista con Camila fuese decisiva.

—¡Iré resuelto a todo! –se decía mentalmente– primero el ruego, después la persuasión, el engaño, luego el miedo y por último la fuerza

---

155   *Calamucáa*: (vulg.) calamucada (loc.) enamorada.
156   *Encarrujar*: estrujar; realizar una labor de plegado o rizado, generalmente se hacía en tejidos de seda.

del nervudo sobre el débil.

—¡Sí! –agregó en alta voz.

—Ya lo creo –respondió la mulata poniéndose de pie resuelta a retirarse, guardando en el seno el billete de Banco, y después de embozar calmosamente la manta de iglesia, dijo:

—Ni ponerlo *e* duda, ño Aquilino; *usté* se sube *ar* trono, y si no se sube, su culpa *e usté* será. ¡Ja! ¡ja! ¡jay! –rió abriendo los ojos blancos y enseñando los dientes albos y parejos como el teclado de un piano.

Aquilino había puesto ambas manos en los bolsillos del pantalón, tenía sus grandes ojos brillantes fijos en el rostro de Espíritu, y cuando ésta se despedía le dijo, como saliendo de su abstracción:

—¡Por *diabolo*! si no gano la batalla me corto el cuello con éste –y agarró el cuchillo de fierro que rato antes arrojara sobre el mostrador.

—¡La Santísima *Trinidá*! No habrá *necidá* de eso, yo vendré a darle las Pascuas, casero –repuso la mulata y salió muy satisfecha del giro que tomaban los asuntos de su amigo.

XIX

—Estoy seguro de que mis negocios descansan sobre base sólida. Las acciones compradas a los mineros del Cerro de Pasco han triplicado el capital, y realizaremos nuestros ideales —se decía don Fernando, ordenando varios papeles sobre su carpeta—. Mi mujer es de las pocas que conservan el buen fondo. ¡Qué contraste, Dios mío!... Las fortunas del vecindario se desmoronan a la luz del gas de las tertulias que obligan a sacrificios y que no son más que el fruto del anhelo de ostentar ante el mundo lo que no se tiene.

—Este anhelo desquicia a las familias haciéndolas rodar por el escalón de la miseria vestida del harapo reteñido. ¡Caras escuálidas!... –repetía Marín, cuando se dejaron oír golpes inusitados en la puerta de calle, golpes que alarmaron al mayordomo de la casa, quien salió precipitadamente a ver lo que pasaba, y se encontró con un sujeto, *forano* [157] desde a legua, que llevaba un rollo de papeles debajo el brazo.

El desconocido vestía saco azul oscuro, chaleco de terciopelo, llamado de fondo miniatura, cruzado de izquierda a derecha por una

---

157   *Forano*: (loc.) foráneo, extranjero.

cadena de oro correspondiente al reloj, sombrero de felpa color plomo, zapatos de abrochar, de cinco pasadores, y pantalón de casimir claro.

—Señor, ¿esta es la casa de don Fernando Marín? Francamente que si no es me regreso, y *usté* dispense –dijo el de sombrero plomo.

—Sí señor, ésta es; pero no había para qué golpear de ese modo; ahí tiene usted el cordón de la campanilla –repuso enfadado el moso, señalando la perilla del cordón.

—Es que yo soy de allá… y francamente…

—¿Su tarjeta?

—¿Qué tarjeta, señor? Francamente, dígale *usté* que su paisano don Sebastián está aquí, en su pregunta, y no me venga *usté* con más enflautadas.

—Usted dispense, señor; pero yo no puedo dejar de cumplir la orden del patrón: yo necesito su tarjeta para anunciar su nombre…

—Don Sebastián Pancorbo[158], mi amigo… francamente que ya estoy para perder aquí la paciencia. ¡Qué diantres! ¡Don Fernando, doña Lucía! –gritó Pancorbo exasperado en momentos en que aparecía el señor Marín reprimiendo la risa provocada por el diálogo que escuchó desde adentro.

Al verlo, don Sebastián no pudo dominar sus impresiones y se echó en brazos de Marín como en los de un pariente, exclamando, con los ojos turbios de lágrimas:

—¡Mi don Fernando! ¡Compadrito mío! ¡señor Marín! francamente… ¡qué gordo! ¡qué bien!

—¡Hola, don Sebastián! ¡qué gusto de verlo! ¿qué vientos lo traen? –preguntó éste correspondiendo el abrazo enternecido por la sencillez rusticana del antiguo gobernador de Kíllac.

—¡Ay, compadrito! francamente, me han elegido *diputao*; cosas de la Petronila, compadrito, francamente que…

—Pero, pase usted adelante; ya hablaremos, entre aquí –decía el señor Marín cada vez más sorprendido por la expansión amistosa de Pancorbo, cuya mente no parecía conservar ni una línea de los sucesos de Kíllac, cuyas huellas llevaban aún enfermo el corazón de Margarita, sorprendiéndose, igualmente del tratamiento de compadre, que Pancorbo explicó bien pronto, pues, colocando su tarro[159] plomo y el rollo de papeles sobre una de las consolas de la sala de recibo, dijo:

---

158   El gobernador de Kíllac y padre adoptivo de Manuel en *Aves sin nido*.
159   *Tarro*: (loc.) sombrero.

—¡Sí, pues! ¡qué caray! francamente que es *usté* mi compadre. ¿No es *usté* padrino de Margarita, y la chica no es hermana de Manuelito, y el mozo no es hijo de la Petronila, y la Petronila, francamente, no es mi mujer?

—Claro como el sol –repuso Marín sonriente, invitándole asiento con una mano mientras que con la otra descorría una persiana de la ventana para dar mayor claridad a la habitación, diciendo en seguida:—Pues, cuénteme usted cómo es eso de la diputación, don Sebastián; pero antes dígame cómo está doña Petronila, cómo Manuel?

—Ay mi don Fernando, compadre; francamente, en esto de la diputación yo no sé cómo salgamos, porque diz que han hecho dualidad, un señor doctor Rinconeras, que diz tiene muchos influjos y empeños desde el Arzobispo abajo... francamente –repuso secándose la frente con un pañuelo de seda carmesí, y continuó: –La Petronila está como *usté* la dejó, francamente, compadre; ni un pelo más ni un pelo menos.

—¿Y Manuel?

—Ese muchacho, francamente, nos dio mucho que sentir. Se ha *presentado* de marinero... está de Teniente en un buque... no sé cómo llaman...

—¿Manuel se ha hecho marino?

—Sí, pues, compadre. ¿No le parece a *usté* una locura? y francamente, también yo lo reparaba medio *tocao* desde aquellos *cuentos*[160]; porque a cada cosa de nada decía "la inmensidad del mar contendrá la inmensidad de este dolor".

—¡Ah! ¡Pobre Manuel! No, no era loco. Su corazón que naufragó en el mar del infortunio, tal vez vuelva a flotar allá, en esas soledades azuladas o verdes del océano. ¡Dios lo quiera! ¡Dios lo bendiga! –dijo emocionado el señor Marín, lanzando un hondo suspiro, síntesis de toda la historia del desgraciado huérfano y de Margarita, las tiernas aves sin nido.

Don Sebastián examinaba todos los detalles de la sala con mirada absorta, sin desatender por eso las palabras de don Fernando, porque repuso un tanto entristecido:

—¿Qué lo vamos a hacer, compadre? Francamente, algunos ilustrísimos también hacen sus travesuras.

—¿Y qué piensa usted hacer aquí, don Sebastián? –preguntó el

---

160   Se refiere al final de *Aves sin nido*, donde se revela que Manuel y Margarita, que se han enamorado, son los dos hijos del mismo padre.

señor Marín, cambiando el giro de la conversación, sin hacer mérito de la reflexión de su interlocutor.

—Aquí están las *elecciones* legales, legítimas… francamente que desafío al doctor Rinconeras y a cualquiera… ¡qué caray! francamente, hablaré en las Cámaras –dijo Pancorbo dirigiéndose hacia la consola, levantando y desenrollando los papeles que presentó al señor Marín, quien examinándolos decía:

—Estas son las actas… usted tiene el papel timbrado… bien; y buenas firmas… sí… conocidas.

—Francamente compadre, es un robo de la voluntad ajena que quiere perpetrar ese dualista… será, pues, uno de esos pillos que viven del tesoro… francamente, eso sí, yo las *dietas* y todas las ganguitas las dejo para el altar de la iglesia y para el puente grande… el puente ya se cayó, compadre ¿*usté* no lo ha sabido? se cayó. *Usté* me ayudará, pues, en esto, francamente.

El rostro de don Sebastián estaba animado con todas las resoluciones filantrópicas que tan ligeramente acababa de expresar. Su frente sudorosa, sus cabellos vidriosos con la humedad, sus ojos avivados por la ansiedad, daban al conjunto un aspecto enteramente nuevo, como el tipo del bellaco de provincia empequeñecido, humillado, confundido por el intrigante político de la capital. Don Sebastián personificaba en aquellos momentos la rara repulsión que existe para estrecharse entre la mano encallecida del provinciano que esquilma la fortuna del indio impulsado por los conservadores de los abusos coloniales y la mano enguantada del político que brinca, como una víbora golpeada con una varilla de membrillar, cuando se trata de embrollar cien soles, pero se agazapa, se encoge y abre tamaños ojos reverberantes cuando son cien mil soles los que se hallan a su alcance, y repite lo de aquél: ¡*en grande escala, no puede llamarse robo!*

Don Fernando establecía ese parangón entre el traficante de provincia y el de ciudad, midiéndolos en la medida desoladora que ha sancionado la desmoralización social y política. Estudiado ese parangón, don Fernando había sacado para sí tristísimas consecuencias con relación a la patria entregada a manos sucias y a corazones llenos de ponzoña.

Estas reflexiones que cruzaban como rayos luminosos por el cerebro de don Fernando, lo tuvieron por algunos segundos suspenso, contemplando a su interlocutor; recobrando su habitual tranquilidad y usando de chanzoneta[161], caso raro en su carácter, dijo:

—Si le han hecho dualidad, don Sebastián, y su rival es hombre que maneja el badajillo de la campanilla del Presidente de la Cámara; bien puede usted gastar su *cocabí* en una tarde de Acho, una merienda de la Piedra Liza, o una trasnochada alegre, aunque usted ya no debe estar para cabriolas —terminó riendo el señor Marín dando una palmadita de confianza en el hombro de Pancorbo.

—Entonces, aquí son unos Lanao[162], unos pícaros… francamente compadre, yo me desbautizo, aquí, en la capital de mi República, y le escupo al Arzobispo su sal y su óleo, francamente —repetía don Sebastián fuera de sí, estrujando con fuerza entre sus cobrunas manos el legajo de las actas electorales, aforradas, por precaución, en varios periódicos de fecha atrasada.

Don Fernando se sorprendía cada vez más de punto con la actitud y las palabras de Pancorbo, excitable en otros tiempos sólo con la acción del alcohol desvirtuado con la poción del agua, y al presente fuertemente oxigenado por la corriente de la política.

—Cálmese, cálmese, amigo don Sebastián; yo espero hablar hoy mismo con varios sujetos influyentes en las Cámaras y aún en la camarilla del Gobierno —dijo Marín disponiéndose a despedir a Pancorbo que acababa de asegurar el legajo de papeles debajo del brazo, agarrando también su sombrero para salir.

Pancorbo dio dos apretones de manos a Marín y desapareció de la sala, comenzando a descender con desaliento los escalones subidos en alas de las esperanzas más lisonjeras.

Marín dio una vuelta en la sala, fijó sus ojos en el paisaje de la persiana: "David pulsando el laúd para entretener a Betsabé", y púsose a reflexionar, mitad hablada, mitad pensadamente:

—He allí un iluso más, que abarca en sus afiladas fauces el dragón de la política. ¡Dichoso yo! Como el diamante opacado por el sol que se esconde detrás de la nube y vuelve a brillar deslumbrador, ha vuelto para mí ese diamante del hogar tranquilo como un lago, manso como una paloma. Ese hombre —agregó señalando con la barba la imagen de David pintada en la persiana— amó con el amor de las almas

---

161 *Chanzoneta*: burlarse de otro sin malignidad.
162 Nombre de un famoso ladrón de la sierra. [Nota de la Autora]

grandes... ¡El amor! tósigo y néctar, según la cantidad en que uno se infiltra en la cincelada copa del placer. Verdad es que el fluido que evaporiza la naturaleza, lo diluye, lo sublima como un licor misterioso que va a introducirse del alma de uno al cuerpo de la otra, dejándonos pesadez, ceguera, atolondramiento, mientras que en ella produce viveza, multiplicidad de inventiva, actividad de imaginación, redoble de voluntad... ¡Ah! las pícaras, ¡cómo se beben nuestra vida y dejándonos alelados están riendo en nuestras barbas! Pero ésa es DICHA, sí, dicha. Lo declaro con buenos años encima. ¿Qué dirá la juventud por cuyas venas circula ardorosa la sangre viril?

Lucía y Margarita y toda la servidumbre por escolta, acababan de invadir la sala echando a un demonio las reflexiones filosóficas de don Fernando. Aquello era una verdadera loquería.

—¡No sabes la gran noticia! –gritó Lucía alegre como una niña.

—¿La calificación de Pancorbo?

—¡No! ¿Qué Pancorbo? Estás desvariando. Ernesto Casa-Alta ha sacado el número 95498 de la suerte.

—¿El número gordo?

—¡El premiado!

Y todos quedaron envueltos en el calor de las mismas emociones que embargaban a Casa-Alta y a su madre.

XX

La tarde próxima a morir estaba cargada de señales significativas para las naturalezas nerviosas. El aire que se respiraba llegaba, traído por el viento norte, denso de sales marinas recogidas en el puerto del Callao; el cielo cubierto de celajes semejando llamaradas; las calles invadidas por gentío en pelotones que como el raudal de un río se precipitaban en igual dirección hacia la plazuela de la Micheo, donde había *noche buena* con motivo del beneficio de la bomba "Lima"[163].

El listín de toros estaba tentador.

Los vates[164] de más salero como el *Chupa-Cirios*, el *Negro Salao* y otros habían contribuido con material propio y prestado, y la renombrada ganadería de Asín quedaba mencionada para surtir de fieras el redondel de Acho. Director de la cuadrilla sería el azabache Valdez, héroe ecuestre el *cargadito* Asín y banderillero el célebre Pepe Plata.

El listín anunciaba despejo por la tropa antes de la torada, con evo-

---

163 *Bomba "Lima"*: compañía de bomberos voluntarios de Lima, fundada en 1866 por jóvenes de la sociedad limeña frente al peligro de ataque de la escuadra española que pretendía recuperar las colonias perdidas. Anteriormente los inmigrantes ingleses del Callao habían fundado la bomba "Chalaca", los italianos la "Roma" y los franceses la "France", por lo cual la "Lima" quedó como la "Nº 4", denominación que utiliza hoy.

164 *Vate*: poeta.

luciones nuevas, al toque de una marcha titulada "El sí de mi zamba".

El pueblo de Lima se encontraba bajo las agradables impresiones de una fiesta de vísperas; y en las calles todo era bullicio y jolgorio.

En la casa de Ernesto reinaba también la alegría, pero atemperada por los cálculos de dos personas en diferente predisposición psicológica.

Desde el momento en que el *suertero* cojo llevó la buena nueva a Ernesto y a su madre, ambos perdieron la apacible tranquilidad, que es como el aire tibio de los hogares pobres y dignos.

Ella comenzó a soñar con cosas reales.

El a realizar cosas soñadas.

¡Cuántas leguas de distancia existían entre uno y otro pensamiento!

Ella con la ceniza de la experiencia.

El con la llama de las ilusiones.

—¡Es preciso asegurar este capitalito; la suerte no entra todos los días por la puerta de la calle! ¡Mi hijo, mi hijo! Lo veré de abogado, con su limpia y bruñida plancha en la reja –pensaba la madre mascullando entre dientes una que otra frase escapada de la mente a los labios.

—¡Será mía! ¡Mía! Qué mujer más digna de llevarla al altar, coronada de azahares, luciendo esos ojos soñolientos y melancólicos detrás del finísimo velo de novia. ¡Y después! ¡la dicha de quitar yo mismo uno a uno, los broches de su corpiño y comerme a besos las cerezas que guarda en los labios! ¡ella! ¡ella!... –se dijo Ernesto y cayó sobre un sillón como desvanecido por esas excitaciones no satisfechas, que primero relampaguean en los ojos y después se extienden por el organismo animal, como azogue soltado por una pendiente inclinada.

Instintivamente había llevado las manos a la frente, dejando caer la cabeza entre ellas, y siguió algunos segundos en esa posición, hasta que las sensaciones mismas le promovieron la reacción nerviosa, el momento lúcido del amor todavía no satisfecho, que empuja a cometer toda clase de empresas y entusiasma hasta para las más pueriles niñerías que se hacen con la mayor seriedad del mundo.

Púsose de pie, tomó su sombrero y salió.

—Es preciso acercarlas sin pérdida de tiempo... sí, ¡qué ocasión más propicia que la de la fiesta de mañana! Compraré una galería, y después pediré a mamá que las invite. O yo invitaré a mamá y a ellas;

de uno u otro modo; acercarlas es el asunto –pensaba Ernesto caminando por la calle con paso acelerado, golpeando fuertemente las losas con los tacones de los botines y sin fijarse en las personas que tal cual vez le cruzaban el camino. Llegado a la boletería, compró la galería número 64 con ocho entradas; en seguida contrató la cantina para la cerveza, las butifarras, el *doctor Panchito* [165], las papas amarillas y los camarones *rojito con ajito*; y volvió a desandar lo andado.

—Mi reina –dijo a su madre, entrando resueltamente a la sala– quiero que vayas a la corrida de mañana. He traído la galería, y allí recibirás... sí, a la mujer amada.

—¡Ernesto!... ¡Hijo mío!... –respondió ella clavando en él una mirada que era un mundo de revelaciones contradictorias.

—Mamá, lo que quiero es que la conozcas, que la trates, que la escudriñes.

—¿Es digna de ti?

—Y digna para ti.

—¿Cómo es la madre? Sábete, hijo, que es lo primero que tiene que averiguar el hombre que se casa racionalmente; porque la ley de la herencia es triste, tristísima –dijo ella enlazando las manos, como apenándose de la humanidad heredera de los errores maternos.

Ernesto quedó silencioso y pensativo.

—Las hijas de las grandísimas, grandísimas tienen que ser, sí ¿lo oyes? Si supiera el hombre banal el daño que hace a sus hijos al casarse llevado por las circunstancias.

—No agregues ni una palabra más, madre. Si ella no es digna de llamarse tu hija, yo ahogaré en el pecho la pasión tan grande que siento ¡moriré primero!... Pero, ¿iremos mañana a toros? –preguntó avanzando varios pasos hasta ponerse junto a su madre.

—Sí.

El por toda respuesta agarró la marfilada mano de su madre, la llevó a sus labios y cubrió de besos de idolatría. En silencio, después, retuvo entre las suyas la mano besada con la confianza del amigo, fijo en los apacibles ojos de la adorada madre los suyos, y la contempló por largo rato. Después volvió a besarla, y dijo:

—¡Cuán buena eres! Bendígate Dios. Ahora, iré por ella –Y salió, sin esperar respuesta de la mujer en cuyo corazón depositó siempre sus

---

165   Así llaman el aguardiente en la plaza de Acho. [Nota de la Autora]

secretos de niño y sus impresiones de hombre, confiados con la sinceridad del amigo.

XXI

Un mechero de gas de doble luz alumbraba la escalera de la casa de don Fernando Marín con intensidad tal, que podía distinguirse la igualdad de la brocha de polvos de magnolia pasada por el rostro de una dama.

El salón de recibo estaba también magníficamente iluminado, ostentando en la consola de la izquierda un enorme jarrón de porcelana de Sèvres[166] con margaritas, flor de las eternas simpatías de Lucía, cuyo aroma había impregnado el aire fuertemente.

Sentada en el banquito giratorio del piano, preludiaba Margarita, como jugando sobre el teclado, las melancólicas notas del "Canto de los marinos", romanza de Chopin[167] recién llegada de Europa a los almacenes de música y que traía enloquecidas a las señoritas limeñas, por la escala tan deliciosamente combinada remedando al oído aquella encantadora acción de la doncella enamorada que, en la ribera del undoso lago, levanta y suelta un puñado de agua, produciendo el *chacc pacc*[168],

---

166 *Sèvres*: ciudad de Francia famosa por sus fábrica de porcelana y loza fina desde 1860 conocida como *Manufactura Real*.

167 *Chopin*, Frederic François (1810-1844) compositor y pianista eminentemente romático polaco. Técnicamente perfecto, revolucionó la interpretación de la época. Sus composiciones para piano combinan el virtuosismo con el colorido del folklore polaco.

168 *Chacc pacc*: onomatopeya

capaz de interpretarse sólo en el pentagrama o en la modulación del quechua, que es el idioma del corazón y de la armonía imitativa por excelencia.

Por el alma vaporosa de la virgen resbalaban, así como en el piano los dedos, dos nombres como dos brisas encontradas, arremolinándose una cargada con los olores del nardo silvestre, otra con los del lirio cultivado.

Dos nombres golpeaban el corazón de Margarita como dos notas de un mismo diapasón, y luego se escurrían de los labios como ligeras golondrinas que han rozado con sus alas de raso las celosías de la ventana, rechazadas por la dureza fría de los cristales.

¡Manuel! ¡Ernesto!

El corazón tiene también alas de querube[169]. A los quince años flota a merced de las ilusiones.

Para Margarita esas ilusiones estaban enturbiadas por una lágrima que decía *recuerdo*.

Pero debía gustar también la sonrisa que como la azucena que ofrece sus pétalos a la gota de rocío, deja abierta de par en par la puerta de la esperanza.

Sonó la campanilla del portón y el corazón de Margarita se estremeció con un frío semejante al cosquilleo del calambre: sus dedos equivocaron las notas dando un *do si*. Dos suaves golpes anunciaron la entrada y Ernesto se adelantó con el semblante más festivo del mundo.

Margarita hizo girar su banquito y se puso de pie dejando el piano abierto, que quedó inmóvil cual un esclavo de Manila con su dentadura blanca, bien blanca como las plumas de un cisne que llora a la caída del sol de primavera.

—Buenas noches, hermosa señorita.

—¡Señor Casa-Alta! ¡hola! ¡hola! Ya sabemos las buenas noticias, lo felicito...

—Gracias, dicen que penas y fortuna no vienen solas; voy a probarlo. Pero usted debía continuar tocando.

—Lo hago tan mal, amigo.

—¡Imposible! La dentadura de marfil del instrumento preciado guarda sus íntimos secretos y sus armónicas inspiraciones para cuando se posan sobre él manos tan delicadas como ésta —dijo el joven tomando

---

169 *Querube*: querubín, un tipo de ángel niño, según la teología cristiana guardianes de la gloria de Dios.

de la mano derecha a Margarita, quien se sentó en el banquito, indicando con la vista un asiento inmediato que ocupó Casa-Alta soltando la mano que tenía asida, entre miedoso y sorprendido.

—El instrumento de Gounod suspirando en el "Ave María", por las dichas celestiales o llorando con Melgar el ay del *yaraví* [170]que recuerda a la mujer amada, Margarita, siempre empapa el alma en algo divino para completar la dicha de encontrarse al lado de usted –Ernesto acababa de asir de nuevo la mano de la niña, esta vez con más resolución y continuó: –También el piano ríe y se enloquece cuando sacude sus cuerdas al compás del vals aéreo y voluptuoso que lleva en torbellino las alegres parejas. ¿Se acuerda usted de la noche pasada?

Margarita tenía las mejillas convertidas en dos botones de rosa y paseaba la mirada por sobre el teclado sin atreverse a levantar los ojos, pero sintiendo sobre su organismo todo el poder de la mirada firme que Casa-Alta detenía sobre ella, estrechando suavemente su diminuta mano.

—Cierto. Y muchas veces logra, con su voz siempre armónica, cicatrizar las heridas del alma.

—¿Usted las tiene, por ventura, niña de mi corazón?

—Muchas y muy hondas… Vivo triste desde muy chica –repuso Margarita con los ojos velados por una lágrima que era ya sólo el fruto de sus emociones actuales, y no el resultante de los recuerdos pasados.

—¿Están en casa sus padres? –preguntó Casa-Alta con interés.

—Sí señor, y… allí viene mi padrino –repuso Margarita, apartando su mano de la del joven y enjugándose disimuladamente la humedad de los ojos.

Ernesto fue a abrir el portón de vidrios.

—Buenas noches, señor Marín.

—Bienvenido, mi amigo; se conoce que no lo hemos tratado tan mal; siéntese –dijo Marín.

—Claro está, señor don Fernando, y usted *pagará el pato* de la boda, como suele decirse aquí para exagerar algún sacrificio ofrecido a un amigo.

—Convenido, lo pago.

—Deseo llevar a la familia a los toros; mi mamá suplica a la señora y a la señorita, y yo tengo la honra.

---

170   *Yaraví:* cantar melancólico de origen quechua que cantan los indios de algunos países de América del Sur.

—Bueno; éstas salen poco, pero ahora estoy de viejo chocho con esta *margarita* un poco melancólica por falta de sol –contestó Marín jugando con el nombre de su ahijada.

—Gracias, señor, yo estaré a la hora precisa mañana para llevar a ustedes.

— ¿Por qué no sigues tocando, hija? El señor tendrá gusto de escucharte, aunque todavía eres principiante. ¿A ver, tienes algo de Mozart allí? –dijo don Fernando, obligando a Margarita, quien fojeó un álbum rojo colocado en el atril, y comenzó a preludiar los hermosos compases de la introducción, con el verdadero aire de una artista de vocación.

XXII

—¡*J*esú! *qué cansáa* llego –dijo Espíritu sentándose al borde de su cama, limpiando con el dorso de la mano un ligero sudor que abrillantaba, como el barniz, su frente oscura y ancha. –Y ahora que se las componga la *ñiita*, ¡ja, jay!... estos blancos... la *verdá* es que ella está como *icen* en sazón, y si el *bachiche* no es tonto... que *váa* ser... y... ¿a mi qué? Cuántas hay de mi oficio en esta santa *ciudá* que están luciendo manta *bordáa* y yo, apenas, sí, apenitas... Felizmente la cosa no es con señora *casáa* que así podría entrar comején... yo, no, no, a las *casáas* ni por pensamiento... ¡Jesú! con doncellas en *estao* maduro, eso sí, que es prestar servicio, y luego... ¿acaso lo hago yo por la plata de mi amo? no *señó*, por servir a ño Aquilino, que sea *icho* en *verdá*, es un mozo bien *plantao*. ¡Esos ojazos!... ¡Jesú! si parece que estoy *loquáa*... pero ha dicho la *ñia* que a las nueve, y... a las nueve y media, mi caserito ya sabrá a qué atenerse y la *ñiita* Camila a qué atenerse. Yo le debo *gratitú*, bueno, y los apuros que me quita con su *fiao* cuando ésas chillan... –Las últimas palabras

recordaron a Espíritu de sus hijas que amontonadas en un rincón de
la cama dormían como dos conejos tiernos agazapados uno contra otro,
y fue a tocarlas suavemente.– ¡Pobrecitas!... ¡ay!... si éstas también
tienen que pagar mañana el *pecao* original de nuestra madre Eva... y,
la *ñia* Camila pagará además tantos *pecaos* de doña Nieves, esa vieja orgullosa, pura *vaniá, malabláa* purita que a sus hijas les ha *enseñao* sólo
murmuración y calumnia del prójimo...

En la casa del señor Aguilera se acababa de notificar la hora del Santo
Rosario, devoción antigua y estrictamente conservada por la familia.

—¿Lola, sabes que yo no voy a rezar ahora? –dijo Camila a su
hermana.

—¿Por qué? ¿te duelen las muelas?

—No, hija... la cabeza.

—Serán los *piononos*[171] que te comiste; si bien dice mi mamá
cuando ve al bizcochero, que entra la peste de la casa.

—No tal; yo no he comido hoy *piononos*, sólo he tomado dos me-
rengues y un caramelo en flor.

—Pues será el caramelo, hija.

—Bueno, anda, pues, y di a mamá que no rezo; pero no digas lo
del dolor de cabeza para que no me vengan a fastidiar con el agua se-
dativa y con los trapos zahumados.

Los mecheros de gas de la escalera estaban opacos, como mustios
y de duelo.

Coincidencias en la vida real, que hablan a favor de las supersti-
ciones que aterrorizan el espíritu, ya sea con el graznido de la lechuza,
ya con el crujir de los muebles, con el centelleo de las luces, o con tantas
pequeñeces que rivalizan con la grandeza de la vida.

Verdad.

La luz estaba tristona como nunca.

Un idealista melancólico habría visto el ángel tutelar de la inocencia de Camila derrotado en la tenaz lucha del enemigo de su pro-
tegida, extendiendo sus alas como una nube de fino encaje, preten-
diendo, en último esfuerzo, esconder la claridad para velar la falta de
la niña, que estaba ya ciega y enferma.

Cuando el sol comienza a ponerse, principia la pasión a actuar en
el organismo femenino.

---

171 *Pionono*: golosina de masa de bizcochuelo arrollada, llamada así en honor al papa Pío
     IX (1792-1878).

Si queremos encontrarla en el zenit, es preciso buscarla entre diez y once de la noche. A las doce de la noche ya el temperamento habrá bajado en calórico, porque el sol evoluciona en el sentido del refrigerio de la aurora, y tanto el sol como la luna tienen contacto cercano con el organismo de la hembra.

En vano se buscan los triunfos del amor en la madrugada, hora señalada por los higienistas para el momento sagrado, y entonces, ya el cuerpo y la corriente pasional está en el frío del reflujo de la sangre, concentrada, quieta.

Era la hora precisa para que Camila se precipitase en los abismos que atraen con la vertiginosa rapidez de la desconocido.

La corriente pasional brotada en su naturaleza a impulsos del clima tibio y los olores que incitan fuertemente a la voluptuosidad, encontraba campo de desarrollo en la hora.

Las naturalezas tropicales son como las flores que nacen en ambiente tibio con tierra plomiza, y así como en ellas prevalece la pungencia[172] del aroma al entrar la noche, en la mujer domina una lascivia de temperamento, especie de cordón imantado que la atrae hacia el otro sexo iniciándola en los secretos del amor material por sacudidas tenaces, porfiadas, desde días antes de las dolencias femeninas que las limeñas han bautizado con el inocente nombre de *constipadas*.

Es difícil para el hombre descubrir el amor –sentimiento separado del amor deseo– en las situaciones semejantes a la que atravesaba Camila, quien, empujada por todos aquellos factores y animada por la ignorancia del verdadero peligro, compuso, casi por instinto femenino, su tocado, frente al espejo, atisbó unos segundos detrás del portón de vidrios y dirigió sus pasos hacia la escalera, descendiendo, entre tímida y resuelta, uno a uno los escalones de mármol.

Contados minutos hacía desde cuando un bulto entrado de la calle se deslizó en dirección al descanso o plataforma de la escalera, con los ojos fosforescentes, la respiración entrecortada y el aliento con ese olor peculiar del pescado. Sus manos estaban crispadas por el deseo del macho, y sus labios secos y quemadores.

Al sentir los aéreos pasos de la niña, se encogió como el tigre que se pone en acecho para saltar sobre la presa; y en cuanto la vio, lanzóse despidiendo por los azules ojos una luz plateada como la eléctrica, la

---

172 *Pungencia*: capacidad de pungir, herir.

sujetó con brazo nervudo contra su pecho, y al mismo tiempo que pronunciaba: —¡Regina! ¡yo te amo!— sus labios de fuego buscaron los sonrosados labios de Camila. Era la fuerza de Volta que, deprimida en la nube, busca la tierra; en ella se precipita y en ella estalla.

Consumóse uno de aquellos besos en que el éxtasis de los sentidos y el éxtasis del alma se unifican; en que el pasado, el presente y el porvenir desaparecen para dejar sitio a esa embriagadora locura de amor que logra absorber por completo la naturaleza de la hembra; porque si en el hombre el vapor de la ilusión es producido por el calor del deseo físico, vapor que se enseñorea de su organismo como el vino, aquella embriaguez se disipa con la posesión, mientras que en ella deja vibrando toda la naturaleza al impulso de una ansiedad insaciable, que no es propiamente la ansiedad corporal sino la acción de la entrega absoluta que se ha hecho de todos los fluidos nerviosos en el momento de la dicha sin nombre de entregarse al ser amado.

El silencio que reinaba en esos instantes fue roto por la tenue voz de Aquilino que, en secreto, decía a Camila, arreglándole las faldas un tanto ajadas, mientras ella se apoyaba en el brazo izquierdo de él:

—Seré tu marido… sí, chica mía, tu marido, si quieres seguir mi destino.

El ruido de las fuertes pisadas de un hombre denunció a don José Aguilera que bajaba, y que alcanzó a distinguir la pareja, quedando como herido por una bala. Presa de ilusiones mortales, intentó coger al hombre que salió de carrera, y en esos aprietos se le cayeron al suelo los quevedos, rompiéndose los cristales en el pavimento de mármol.

El se detuvo instintivamente, no para recoger los cristales, sino para refregarse los ojos, como deseoso de sacar vista a las córneas opacas.

Camila, deslizándose como un ser espiritualizado, llegó a su alcoba y se dejó caer temblorosa y pálida sobre su albo lecho, tapándose con ambas manos, sollozando, presa del calofrío de las emociones del cuerpo y las sombras del alma.

Aquilino Merlo llegado a la pulpería se instaló detrás del mostrador, y sonreía canallescamente con la sonrisa del lobo acostumbrado a engullirse corderillos inocentes.

Y don José Aguilera, que ni siquiera alcanzó a conocer al hombre vecino, desandaba lo andado diciendo con la energía de otros tiempos:

—¡Perra!... ¡perra!... sí señor... la madre...y se me entregó a mí... la hija; es natural que se entregue a otro... ¡la ley hereditaria!... ¡perra! ¡perra!...

Luego, alzando más la voz, dio gritos:

—¡Nieves! ¡Nieves!

Los mecheros del gas recibían en aquel momento mayor impulso, por haberse apagado los quemadores del cuarto de rezo, e iluminaron toda la escalera con la claridad de la luna llena en un cielo azul. Esa luz se reflejaba en multitud de fragmentos de vidrio que esparcidos en todas direcciones brillaban como diamantes.

Eran los caracteres con que estaba escrita, para en adelante, la entrada clandestina de Aquilino Merlo a la rumbosa casa de las Aguilera, cubierta con los cortinajes de grande valor y cuajada de espejos de cuerpo entero que mostraban a toda hora el semblante orgulloso y agrio de la madre de Camila.

XXIII

Un río de gente, de todas edades, de todas las clases sociales que invadían la bajada del puente en dirección al redondel del Acho, anunciaba la afición taurina generalizada en Lima, donde los chicos y los grandes brincan desde que oyen la vocecita del vendedor de listines anunciando el *torito barroso que rompe la tarde*.

Los carruajes, los jinetes y la gente de infantería, todos iban a colocarse a las puertas de la *Plaza*. Los bolsillos de los hombres provistos de *potencia* y el ánimo resuelto a *manifestarse*, especialmente en el tendido, lugar que prefieren los revisteros y veteranos en el arte *lagartijuno*[173].

En los cuartos; ése es asunto compuesto.

Allí van los aficionados al amor y al toreo respectivamente.

El sol estaba quemador como pocas veces.

Eran las tres de la tarde, dadas, cuando se detuvo en la puerta de la cecina un coche descubierto que llevaba como un manojo de alamares y flores hechas de terciopelo, de raso y de oro la cuadrilla de

---

173   Arte *lagartijuno*: (neolog.) de *Lagartijo*, apodo de Rafael Molina Sánchez (1841-1900) famoso torero español.

diestros con el uniforme de gala, echadas al hombro las capas de colores vivos y presidada por el riquísimo juego de banderillas obsequiadas por las más elegantes señoritas comprometidas por los beneficiados.

Ya la plaza de Acho estaba a más no caber de gente.

Desde el Jefe del Estado hasta el carpintero Pantoja; la señora de alto coturno, y la frutera que de ordinaio atraviesa las calles llevando como dos asas dos enormes canastas, el chiquillo de calzón corto y medias azules y el granuja sucio de domicilio dudoso y de mal vivir adelantado; todos formaban aquella tarde un solo cuerpo de espectación, diseminado en galerías, tendido y cuartos.

El juez de espectáculos, grave como un procónsul romano, los revisteros de periódicos con sus cuartillas de papel extendidas sobre la rodilla, el lápiz escondido, ya en la cadena del reloj en forma de dije, ya tras la oreja derecha en modesta varilla de madera barnizada: allí el misturero con el *jardín* provocativo, la *butifarrera* de gallina, los cantineros de *agua de berros*, *emoliente*, el *doctor Panchito* y *chicha chicha*. El supremo pueblo de los taurófilos, con su atmósfera oliente a *causa* [174], *papas amarillas*, *ceviche* [175], y todo ese conjunto de comidas y bebidas que constituyen la especialidad del Acho.

Hacía pocos momentos que en la galería 64 instaló Ernesto a su madre, saliendo en seguida en busca de la familia Marín.

Media hora después llegaba ésta con el agregado de don Sebastián Pancorbo, y después de las recíprocas presentaciones de costumbre, Margarita ocupó el asiento inmediato al de la madre de Ernesto, cuyos ojos estaban pendientes de los de la muchacha, con aquella dulzura de intención que comunica al semblante la presencia de personas para quienes brota la simpatía con la espontaneidad del aroma en las flores, y forma como un lazo fluídico que sujeta una voluntad a la otra.

El primer golpe de simpatía entre la señora viuda de Casa-Alta, la señora Marín y Margarita, fue benéfico y decisivo.

—¡Qué criatura tan bella!... y la bondad de su alma brota en sus ojos –pensó la madre de Ernesto, y después dirigiéndose a Lucía, dijo:

—Ya usted comprenderá, señora, el deseo tan grande que he tenido de amistarme con ustedes, cuando he roto con mis hábitos para venir, pues Ernesto me prometió que ustedes estarían aquí.

—Gracias, señora, los nuestros están en reciprocidad, créalo: como

---

174 *Causa*: plato de comida peruano en base a una masa hecha de papas.
175 *Ceviche*: o seviche, plato peruano de pescado, ajíes y cebolla macerados en limón.

no somos de aquí, aún conservamos la aversión a las fórmulas de la alta clase social para sus presentaciones.

—Estaos alerta, no tarda en sonar la trompetilla –previno Ernesto.

—Sí; es preciso no perder detalle; he oído celebrar tanto esta fiesta, y son tan especiales los estilajos de los revisteros –observó don Fernando.

Ernesto ofreció un anteojo de teatro a la señora Marín.

—¡Jesús! francamente que parece un hormiguero –opinó Pancorbo.

Las bandas de música entonaron la Canción Nacional. Llegaba a la galería de Gobierno el Jefe de Estado, y el público se puso de pie para saludar el himno de libertad.

—¿A qué viene esta canción aquí? –preguntó Marín con tono de reproche.

—Efectivamente señor, yo no hallo razón para comenzar una corrida de toros con la Canción Nacional; ya algunos gacetilleros han criticado esto, pero no hay sordo más sordo que el Gobierno.

—Si los presidentes creo que no leen los periódicos, mi amigo don Ernesto, y se están a lo que les cuentan los favoritos a su modo…

Dos petardos reventados interrumpieron las palabras del señor Marín, anunciando el paseo de la *cuadrilla*.

Abrióse la puerta de la cecina y se presentó la gente de trapeo con los arreos de ordenanza.

Céspedes, el de a caballo, sacó a lucir un jaco[176] tordillo[177] de Lurín; el *cargadito* Juan Gualberto en su semi-rocín[178] castaño, arrastradores, puntilleros y maestros que en grupo se dirigieron a la Municipalidad.

En la galería 64 la atención estaba embargada por completo.

Don Sebastián, puesto en puntitas, apoyando ambas manos en el respaldar de la silleta que ocupaba Lucía, con la barba levantada y la boca abierta, no perdía movimiento en el espectáculo iniciado con el paseo de los toreros.

Ernesto tenía fija la mirada en Margarita, quien al voltear la cara por varias veces, siempre experimentaba el golpe hipnótico de los ojos del joven, cuya luz le daba los suaves escozores nerviosos que comunican las corrientes fluídicas a los corazones puros que se aman con el amor sentimiento, hijo del alma, en los albores de la vida que comienza la primera etapa del amor materia.

---

176 *Jaco*: caballo pequeño y poco agraciado.
177 *Tordillo*: pelaje equino gris oscuro matizado de blanco.
178 *Semi-rocín*: (neolog.) de *rocín*, caballo con malas trazas y algo pequeño.

Mientras las discusiones parciales, los vivas y aplausos se cruzaban en las localidades altas y bajas, un patilludo y festivo cronista que publica sus revistas taurinas con el seudónimo de "Enriqueta Bravo", escribía con lápiz, en letra grande y corrida, las observaciones que colocadas en tiras largas de papel puestas sobre las rodillas, dejaban leer a cualquier curioso que en ellas fíjase la vista.

«Permítame usted, sin preámbulo, entrar en el deslíe de la fiesta de cuernos ofrecida a su beneficio por la "Salvadora". Las galerías están ocupadas por lo más selecto de la sociedad y lucen en ellas los más hermosos botones del ramillete peruano, con asistencia de S. E. acompañado de algunos caballeros.

Hay mucha animación, dos bandas de música y otras gollerías.

En la galería 64 hay ojos nuevos, centelleo de los astros limeños.

La ceremonia de puntas comienza a la hora de reglamento con el *quorum de ley*.

Las compañías de bomberos lucen sus vistosos uniformes, de seguida se hace el paseo de la gente de coleta, despejo por los cuervos de a caballo, y el primer capeador ocupa la tribuna para dar salida al primer bruto de lidia.

Céspedes no tendió la capa oportunamente al bicho y el animalito toma otra dirección, por manera que no hay suerte[179], ni premios, ni cosa que lo valga.

El es mulato (no Céspedes), enjalmado[180], de buena romana[181], cornicorto, de raza noble y con seis años de abecedario[182].

Después del capeo alegre del *Pichilín*, es corrido por varios y entra a la secretaría, porque estaba anunciado para guardarse, por esta razón no puedo asegurar si este toro es de los entrantes o de los salientes entre los que gastan *puntas*, moda generalizada ya.

Un joven de arrogante figura, con un contrabando a la espalda y sobre extraño bucéfalo[183] con otra encomienda al lado, recibe al segundo cornúpeto de tanda, sin hacer nada en beneficio de nadie. El dije se llama *Revoltijo* y lo es, teniendo además por filiación las de ser mulato enjalmado, buena edad y estampa, terciado, bien comido, de finos pitones[184] y canasta[185] levantada.

179 *Suerte*: pase de habilidad con la capa del torero.
180 *Enjalmado*: cargado, de enjalma, el aparejo para las bestias de carga.
181 *De buena romana*: de buen peso, de romana, balanza de contrapesos.
182 *Abecedario*: (metáf.) experiencia.
183 *Bucéfalo*: caballo, por la cabalgadura de Alejandro Magno.
184 *Pitones*: cuernos.
185 *Canasta*: (loc.) cuartos traseros.

Pichilín le cuelga dos pares de *dormilonas*[186]
excelentes, por las que recibe abundantes
palmas, premios de la autoridad y de los
bomberos.
Angelito Valdez no está lucido en la brega,
pero concluye con una estocada aguantando,
alta y que parte el corazón de su enemigo.
Palmas generales, premios, habanos».

—¡Jardín, jardín! ¡aquí está el almendrero! ¿niña qué hueles?
–grita un cholo[187] de anchas espaldas casi al oído del revistero.

—¡Qué rico *jarabe de berros* con emoliente!… ¡A ver quién llama!
–dice un mulato con voz aguardentosa.

—¡El *butifarrero* de gallina, qué gallina gorda! –ofrece el del oficio
en todas direcciones y una mulata rechoncha de saco blanco y me-
chones aceitados, con la gracia que dan las libertades de una tarde de
toros, invita un vaso de chicha morada al sorprendido revistero, quien
asegurando el lápiz detrás de la oreja, trinca por la salud de *Angelito* el
lucido espada.

En la galería 64 acaban de descorcharse varias botellas de cerveza
y se ofrecen pastelitos de la casa Capella Hermanos.

—Son diestros los hombres, pero esto es bárbaro –observó Lucía.

—¡El torazo! francamente que no he visto cosa de la laya ¡Jesús! –dijo
don Sebastián recibiendo un vaso de cerveza que le invitaba Ernesto.

Sonaron los clarines anunciando banderillas y todos volvieron la
vista hacia la plaza.

El revistero, alentado con el vaso de chicha morada, coge de nuevo
su lápiz para continuar la labor interrumpida y escribe:

«Prieto, corniapretado, de buena man-
tención, de familia decente, con cinco navidades y que humilla bien, es el tercer toro que
da suerte al capeador de a caballo Asín.
Paco, Trancaso y otros capean alegremente co-
sechando aplausos, parean a satisfacción
Valdez y *Pío Nono*, que al tomar el olivo[188]
casi es cogido por el endemoniado.
Juan F. Céspedes no quiere sacar más que tres
suertes al séptimo toro, cano, fino y cornia-
bierto; ligero, inocente, bien comido, con
edad para entrar al consejo y de lámina interesante. Flores le pasa la capa con elegancia
y limpieza. El negro cuelga un palo, después
un par bueno por derecha que hace decir a un
vecino medidor de sílabas:

---

186 *Dormilonas*: (loc.) las picas con banderillas con que se debilita al toro antes de la faena
(muerte).
187 *Cholo*: indio poco ilustrado, del quechua *chulu*, hombre joven, adolescente.
188 *Tomar el olivo*: irse, salir.

Y aunque dicen que es
un bárbaro desatino,
tanto gustan al inglés
como al chino.

Antonio Flores despliega lujoso y ceñido
trasteo, parando las piernas como manda el
arte. Palmas. Después hace cuadrar la res y
arranca sobre la cabeza metiendo y sacando
el acero en el mejor lugar.
Murió el toro.
Sobre el cadáver del bruto se lanza el enjambre de granujas, bullangueros y curiosos.
Tocan las bandas de música el *Ataque de
Uchumayo*»[189].

Don Sebastián se entusiasmó tanto con la música popular, que sin darse cuenta púsose a silbar el aire en momentos en que todos se ponían de pie agarrando sombreros y abrigos para salir.

---

189   *Ataque de Uchumayo*: marcha compuesta por el compositor peruano Manuel Olmedo
Bañón (1785-1863). Conmemora la victoria peruana en Uchumayo (1836) sobre las
fuerzas bolivianas.

XXIV

A las destempladas voces dadas por don José Aguilera, que seguía caminando en dirección de las habitaciones de su mujer, salió doña Nieves secándose las manos con una toalla de motas menudas de algodón, y quedó algo azorada al ver la extraña actitud de don Pepe, que parecía haber enmudecido como Zacarías. En vano daba vueltas y revueltas a la lengua contra el paladar.

—Pepe, por Dios, Pepe ¿qué te pasa, qué sucede? –decía doña Nieves colgando la toalla en su propio hombro y agarrando del brazo a su marido.

Algunos momentos duró la contracción nerviosa, pero iniciada la reacción, aquél pudo articular trabajosamente.

—Mira, Nieves... tus cosas... sí, tus cosas... tus ideas... tus ideas...

—Pero hombre de Dios, acabaras...

—Mis cristales...

—Mis lentes, dirás bendito.

—Pues mis lentes se han roto en la escalera donde…

No terminó la frase; el momento psicológico de la tensión neu-rótica habíase iniciado: agarró fuertemente del brazo a su esposa, la arrastró con brusquedad desusada al fondo de la sala de recibo, donde poco después se escuchaban las voces de un reñido altercado con pa-labras amargas y desconsoladoras.

El amor paternal sobrepujaba a todo otro móvil de consideraciones sociales y don José Aguilera falto de fuerzas, cayó desplomado sobre el sofá de la izquierda, hacia la entrada, tapándose la cara con ambas manos, como queriendo esconder la horripilante deformidad de sus pensamientos y conteniendo a la vez el aliento que se condensaba en hondos sollozos de alma atribulada.

Borbotones de oxígeno le ahogaban el pecho.

Mientras tanto doña Nieves, fatua siempre, siempre orgullosa, per-manecía de pie, frente a frente del esposo humillado, del padre herido, midiendo con la vista la distancia, como la pantera, sin una línea de dolor en la fisonomía, con la fosforescencia de la ira en sus ojos y en los labios contraídos por el capricho indomable.

—Si fuese verdad… –dijo al fin– sería un acontecimiento como cualquier otro, ¿en muchas familias no se han visto casos…?

Hubo un momento de silencio abrumador en que la oscilación del reloj de la sala hacía el efecto de martillazos dados en el cerebro del señor Aguilera.

La fiera, empero, aprovechó de esa momentánea quietud para po-nerse en acecho. Iba a clavar sus garras en el corazón del hombre que siempre fue esclavo de su voluntad y víctima de sus caprichos por lo que ella se sabía en las intimidades del tálamo, donde el hombre suele mostrarse el animal entregado a discreción a la materia instintiva del goce apurado en formas más o menos grotescas según la densidad es-piritual que resguarda al ser pensante del sensible.

—Si tal ha sucedido, Pepe, mi plata lo remediará todo ¿oyes, Pepe? ¿O acaso dudas, como niño inexperto, de que la plata todo lo tapa, lo disculpa, lo abrillanta, lo rectifica, lo ennoblece? ¡Pepe!… pareces hoy más idiota que otras veces; mira, hombre, sólo las pobres son unas per-didas…

Don José Aguilera al escuchar aquella terrible declaración, levantó la cara dejando caer ambas manos sobre los muslos y contemplaba tras la tenue nube que la falta de sus quevedos[190] le presentaba en el horizonte, la fisonomía desnuda de su consorte que dio media vuelta, arrojó sobre una silleta la toalla del hombro y salió dejando a su marido en actitud de sorpresa inusitada.

Don José Aguilera no permaneció ningún tiempo en semejante postura: bullían en su cerebro las frases horriblemente reales de doña Nieves, caídas una a una como puñales de doble filo sobre la herida del corazón de padre, pero aquéllas, como el plomo candente, lograron el cauterio, cicatrizando instantáneamente ese cáncer que iba a extenderse por todo el organismo animal.

—Parece que esta mujer tiene razón, por otra parte; los que conocen los grandes secretos de tocador de las damas de alto tono aforradas en terciopelo del *Grand Bon Marché*, dicen "que ellas no hacen otra cosa que perfumar su cuerpo con toda clase de esencias para que no trasmita la hediondez de las llagas de su alma"; pero... ¡qué diantres!... sin lentes no se puede hacer nada –agregó, poniéndose de pie y continuó:– A ver, a ver, creo que en mi gaveta tenía reservados unos con guardida de níquel.

Los nervios de don José Aguilera tocaban a la crisis de la laxitud que sigue al estiramiento inusitado en que ha sido grande el gasto de los fluidos vitales.

Los pasos del señor Aguilera eran casi imperceptibles sobre el alfombrado de las grandes salas que atravesó. Con la mano izquierda levantaba la solapa y ala de la levita y con la diestra registraba el bolsillo pechera donde tenía algunos papeles de escasa importancia y escondida entre ellos una pequeña llavecita de metal amarillo, correspondiente a la chapa de la gaveta donde iba a buscar los lentes montados en níquel.

Esa gaveta era un mueble de muy antigua procedencia, legado de familia, de rica madera con incrustaciones de jacarandá y enchapado de plata, con dos secretas conocidas sólo por don José, misterio guardado por él en uno de aquellos arranques de virilidad que le ponían, ante su propio criterio, encima de las tendencias dominantes y avasalladoras de doña Nieves.

Abrió la gaveta y de uno de los cajones sacó un pequeño cajoncito de cartón rojo, a manera de vaina, donde estaban guardados los que-

---

190 *Quevedos*: anteojos sin patillas y sujetos a la nariz con una pinza, tal como los usaba Francisco de Quevedo (1580-1645) escritor y poeta español.

vedos que él montó a la nariz, guardando en seguida la vaina roja y mascullando palabras que terminaron en alta voz.

—Creo, sin embargo, que por esta noche nadie notará la falta, mañana habrá que buscar otros montados en oro... la gente observa tanto... lo critica, lo tergiversa... no vaya a suponerse decadencia en la fortuna... y corrida la voz... malas trazas habíamos de echar...

Doña Nieves llegó a la habitación de su hija, y entreabriendo suavemente el portón de vidrios asomó la cabeza en actitud de acecho.

Aquella habitación estaba tenuemente alumbrada por el quemador de gas resguardado con una bomba de cristal opaco con dibujos de aldeanas piamontesas en el contorno.

La luz artísticamente calculada por la llave del medidor apenas entreabierta, se destacaba con la placidez de la luna velada por una nube derramando melancolía en las paredes perfectamente bruñidas sobre blanco con dorados dando una sombra peculiar a un cuadro oleográfico colocado entre la cómoda con tablero de mármol y el lavabo de la misma piedra.

Ese cuadro fue obsequiado por su madrina a Camila en un cumpleaños de remota fecha retroactiva y figuraba un paisaje encantador. Una mesa de costurero donde está una jaula con chivillos acometida por toda una familia gatuna que ha logrado sorprender y forzar la puerta. Los pajarillos salen en dispersión pavorosa mientras que los gatos en diferentes y picarescas posturas contemplan la dispersión de sus víctimas.

Hacia la cabecera de la cama, colgados con tachuelas doradas se veía, también con suaves sombras, un cuadrito de la Virgen del Perpetuo Socorro y un San Alfonso María de Ligorio. Pero lo que se destacaba en toda la esplendidez del relieve, era la coronación de los blancos cortinajes que caían como cascada de espumilla sobre los almohadones.

Formábanse de dos genios alados que colocados en actitud de descanso, completamente desnudos, sostenían las flechas donde iba envuelta la base de las cortinas tan blancas como el cobertor de la cama, colocada sobre una valiosa cuja niquelada con el gusto de la plata pulida.

En esa cama, sola, recostada en los anchos almohadones, con ambas manos sobre la frente, conteniendo las ideas que bullían en el cerebro, sujetando las vibraciones últimas que se apagaban en el sistema nervioso, estaba Camila con su belleza de virgen acabada de iniciar en los terribles secretos de la grosera materia.

Doña Nieves contempló durante minutos la actitud de la hija, atribuyéndola a la revelación de la jaqueca que impidió a Camila asistir al rezo nocturno.

Lanzó una bocanada de aire comprimido en los pulmones y entrando con paso firme preguntó con entereza:

—Camila ¿tú no has salido de aquí?

—Mamá —dijo ella retirando las manos de la frente y poniéndose de medio lado reclinada sobre el brazo derecho.

—Háblame la verdad; tú has salido... sí, tu...

—He salido... sí... salí hace mucho rato, a tomar un poco de fresco... la cabeza, mamá... ¿dónde pusiste la antipirina?

—Pero tú hablabas con alguno; yo necesito saber quién es ese hombre.

—¿Qué hombre, mamá? —preguntó ella arrellenándose de nuevo en los almohadones, sacando fuerzas de su propia debilidad para sostener una lucha cruel iniciada entre la verdad y el disimulo.

Doña Nieves indecisa y suspensa por algunos segundos, acabó por seguir la corriente usual en la vida de familia en que poquísimas veces concedía la razón a su marido.

—Cosas de Pepe han de ser —pensó, y levantando la voz dijo:
—Mejor que haya sido una chanza, Camilita, arrópate bien que luego ha de traer tu hermana un poco de tilo que tomarás sobre la antipirina.
—Y salió enjugándose la boca con el dorso de la mano.

El corazón de Camila necesitaba ya que le abandonase la presencia de su madre, iba a estallar en lloro. Cuando se cerró la puerta detrás de doña Nieves, cayó de nuevo en el blanco lecho, convulsa, delirante, enlazando sus manos, estrujándolas hasta arrancar el sonido del descoyuntamiento de los nudos, y murmurando:

—Mi padre ha dicho la verdad... mi padre... pobre padre mío... no... pero... luego no lo ha reconocido... y mi madre nunca sabrá la verdad... ¡ah!... nunca, nunca... primero la muerte... Porque ¡ay!... las Requero también hacen igual cosa, y lo mismo las Montes y las Vellido… ¡Nunca… nunca!

Y el resplandor de los ojos del italiano cruzó de nuevo por la mente de Camila, y el sabor de los labios del mozo volvió a incitar la memoria del tacto, y la memoria de la sensación la envolvió en el calor de aquellos besos de fuego olientes a hombre.

XXV

—A San Sebastián –dijo el señor Marín dirigiéndose a los conductores de los carruajes, subiendo él y cerrando con fuerza la portezuela.

—Comemos en casa; he prevenido que pongan seis cubiertos con vino –decía a su vez la señora Lucía posando confianzudamente la mano enguantada sobre la mano de la señora viuda de Casa-Alta.

—Señora mía, no soy descortés para rechazar tanta fineza –repuso ella.

Y los carruajes cruzaban veloces por la avenida del Puente Balta, arrastrados por caballos bien mantenidos, cuyos bríos se manifestaban en la dilatación de las aberturas nasales y en el brillo de los ojos grandes, cafés, vidriosos, que echaban chispas de fuego.

El puente estaba atestado de curiosos y dirigiendo la vista hacia la izquierda; el río presentaba un panorama agradable, pintado de plomo, en los pedruzcos de las orillas del Rímac; envuelto en una gasa tenue de claridad crepuscular, perfumada la atmósfera por olores fuertes exhalados por la flora de los platanares, sauces y jardinillos de Acho, Cantagallo y San Ildefonso.

Por en medio de los curiosos estacionados como postes, pasaba una corriente humana compacta, mezclándose el sombrero engomado con el *jipijapa*[191], el *panza de burro*[192] y el *pajita* italiana [193] alternados tal cual por un kepí rojo o una gorra de hule y visera de charol.

Detuviéronse los carruajes en el fin de la jornada y los pasajeros escalaron la angosta subida de la casa Marín, instalándose los caballeros en la sala de recibo, mientras que las señoras pasaron a dejar los guantes y sombreros, renovando los polvos de magnolia en la cara.

—Aseguro a ustedes, francamente, mis señores, que eso se llama toreo –insinuó Pancorbo comenzando así los comentarios sobre la corrida.

—El negro Angel es una maravilla, puede rivalizar por valor y arrojo con Mazantini.

—¡Ah! ¡si ustedes lo hubieran visto en la flor de sus años! Ahora está ya *cascadito*[194].

—Sí, se comprende, pero no ha perdido el brío y la serenidad.

—A veces el negro es un bárbaro, parece que se entrega a las astas del toro.

—Es que el toro dice que embiste con los ojos cerrados, y la vaca francamente, dice que los abre, así, de par en par, francamente –decía don Sebastián cuando la campana de la casa anunció que la sopa estaba en la mesa.

El comedor no era espacioso. Cabían, estrechamente, doce personas y estaba decorado con sencillez rusticana.

Un aparador de roble con fruteras y dulceras de cristal transparente y botellas surtidas de borgoña y vino del Rhin, era todo el lujo agregado a las silletas de esterilla y a la mesa ovalada cubierta con un mantel tan blanco como un campo de nieve donde reverberaba el menaje de metal bruñido imitando la plata del *Cerro*[195].

Los criados comenzaron a retirar las silletas para la distribución de asientos.

Ernesto ocupó el que quedaba junto a Margarita, codo con codo con la virgen amada.

---

191 *Jipijapa*: sombrero de paja "toquilla" hoy conocido como "de Panamá".
192 *Panza de burro*: sombrero confeccionado con el cuero de la panza de un equino, con el pelo hacia afuera.
193 *Paja italiana*: sombrero de paja relativamente gruesa, típica artesanía del sur de Italia.
194 *Cascado*: (metáf.) golpeado, por envejecido.
195 *Cerro* de Pasco: ciudad y región minera del Perú famosa por su plata y otros minerales.

Al tomar la servilleta sus brazos se rozaron inadvertidamente, produciendo en las naturalezas ya preparadas, la sensación eléctrica de un instrumental de cuerdas que da la rasgadura final y solemne para comenzar la partitura.

—Fluido misterioso y embelesador —pensó él, mirando a su pareja con el rabillo del ojo, y siguieron algunas palabras dichas a media voz.

El vino generoso y la sinceridad de expansiones comunicaron, bien pronto, las naturalezas notablemente simpáticas.

—Margarita, sí, es usted mi amor, la amo, la amo, jamás he sentido por ninguna mujer lo que siento por usted; nunca, se lo juro, he pensado en ninguna para hacerla mi esposa pero, usted, usted Margarita, será mi ángel bueno, a usted le daré lo que un hombre honrado sólo da a la mujer digna que adora; es decir, mi corazón, mi nombre, mi porvenir.

Los grandes ojos de Margarita resguardados por sus sedosas pestañas fijaron su tranquila mirada en los ojos de Ernesto que despedían luces fosforescentes, y anonadada por aquel brillo extraño, bajó los párpados respondiendo a media voz:

—De veras Ernesto; pero usted no conoce mi historia; mi historia es muy triste.

—Su historia, Margarita, será pues la eterna historia de las flores y de las mujeres, de los arrullos y de las palomas: ¡ah! diga que sí, y no habrá poder que se oponga a nuestra dicha. Si, sí —insistió él golpeando la mesa con el tenedor que acababa de levantar, sin parar mientes en la conversación sostenida en alta voz por Marín, las señoras y Pancorbo, ni tomar nota exacta de las palabras que Margarita acababa de pronunciar con el candor de la gacela que atraviesa el charco y no se mancha. El quedó suspenso y pensativo diciéndose secretamente:

—¿Qué ha dicho la inocente niña? Ser *mujer de historia* importa para el mundo un proceso de abominaciones en que el error, la calumnia, la falta de generosidasd, alentados por la envidia libran la despiadada batalla contra un ser incompleto, débil y enfermo como la mujer. Margarita ¿qué sabrá de todo ello? Está aún incompleto su ser, porque su razón ha visto la luz a medias, por el egoísmo de la sociedad para concederle conocimientos y libertad —Dejó caer el tenedor que conservaba en la mano y volvió a fijar su mirada en la joven.

Ella llamaba historia al doloroso episodio de su vida, en que su alma fue herida y marchita la flor de sus ilusiones como el capullo al rigor de los rayos de un sol de enero.

Margarita al hablar así ignoraba que con la primavera renacen y florecen las pasionarias y las verbenas; menos sabía que en la vida del espíritu decaído y muerto existe una voz que golpea el sepulcro y dice al Lázaro: ¡levanta! Y se abre el pecho y del ataúd de la desgracia surge nuevo el corazón como el hermano de aquella Martha a la voz del Galileo[196]. Ese Galileo es el amor.

Margarita quedó silenciosa, pero en su organismo se operaba la secreta trasgresión de la tristeza continua al placer que cruza como ráfaga, alumbra y vivifica como el licor de Mefisto.

—Dígame que sí –exigió Ernesto con mucha firmeza y luego agregó: –Mañana, le prometo, hablaré con don Fernando.

—Las mismas palabras de él –pensó la niña inundándosele los ojos en lágrimas, y Ernesto, sin saber lo que ella pensaba, atinó a decir:

—El amor es uno, es la planta mágica de rosadas flores, de aroma embriagador; estas flores, bella niña, brotan espontáneas en todo clima, en todas las zonas donde existe un corazón virtuoso, porque el amor es virtud.

—Sí, Ernesto… sí –dijo con tenue acento la ahijada de Lucía, entrecortando la palabra con un sollozo hondo, y sus grandes ojos brillaban como soles de cristal a través de la lágrima que aún temblaba en la pestaña, próxima a caer.

Una ola suave acababa de inundarle el alma. El recuerdo de Manuel parecía tenue y el amor de Ernesto profundo, acabado, la hizo estremecerse de un modo nuevo ocupando por completo su corazón.

Y aquella tarde acabó entre alegres confidencias que acercaron a ambas familias.

Cuatro días después estaba Ernesto Casa-Alta en el escritorio del señor Marín, sentados los dos frente a frente, platicando con cierto viso de misteriosa intimidad.

Casa-Alta acababa de pedir la mano de Margarita.

Don Fernando poniéndose de pie y pasándose la mano por la barba dijo:

—Bien, señor Casa-Alta. Aquí, solos, entre hombres, hemos de

196　*Galileo*: Jesús de Galilea.

hablar de muy distintas maneras de la que suelen tratarse estos asuntos con las mujeres. Usted quiere casarse con Margarita, Margarita quiere casarse con usted, y Lucía y la madre de usted, encuentran magnífica la boda y en ella consienten de buen grado.

—Señor Marín... ¿y usted?...

—No se precipite, joven. ¿En la familia de usted ha habido algún suicida? –preguntó levantando del suelo un pedacito de papel caído.

—No señor –repuso sorprendido Ernesto.

—¿Ha habido algún alienado?

—No señor, que yo sepa.

—¿Ningún epiléptico?

—Ninguno, señor –repetía en tono de letanía el joven, cada vez más sorprendido agitando inconcientemente la cadena de su reloj.

—Comprenderá usted, señor Casa-Alta, a qué punto se dirigen mis investigaciones. Los preciosos descubrimientos de la ciencia, cuyos progresos son cada día más milagrosos, se preocupan grandemente del hombre futuro, tratando de asegurar la felicidad humana. La ciencia ha demostrado y patentizado la herencia directa de los males que he enunciado, así como la herencia perruna de la hembra, y toca al hombre honrado precaver su descendencia, pues, crimen, y crimen inaudito es el de dar vida a hijos enfermos, con la conciencia de su desgracia perdurable y transmisible, crimen que los ortodoxos le cuelgan al buen Dios y que sostienen no sólo las mujeres dispensadas de sus errores en consideración de su ignorancia, sino los hombres aviesos que echan a los cuatro vientos las pomposas frases de progreso e ilustración.

Don Fernando dio algunos pasos y arrojó en una escupidera una pelotilla de papel que hacía y deshacía entre sus dedos durante aquel discurso, y volviéndose otra vez hacia Casa-Alta que escuchaba absorto en actitud respetuosa, continuó:

—Usted no tiene entre sus parientes ascendentes en rama directa ni locos, ni lunáticos, ni histéricos, ni sifilíticos; pues me alegro; puede usted casarse libre y tranquilamente con mi ahijada.

—Señor Marín, cuánto le agradezco. Tanta felicidad. Sí, yo me haré digno de ella –dijo Casa-Alta poniéndose a su vez de pie y alargando la mano a Marín que él estrechó con efusión.

—Lo creo muy digno, don Ernesto. La muchacha lleva sangre robusta, pura, está formada en la inocente vida de serranías, cuyo aire enriquece el oxígeno, desterrando ese azulamiento de la esclerótica que a los hombres de mi edad nos hace pensar en los hijos endebles, escrofulosos[197] por el vientre materno, sí, por el vientre, raquíticos, de imaginación viva e inflamable como el vino de champagne, terrible herencia que yo deseo evitar a los hijos de Margarita. La muchacha tampoco les llevará a las hijas de usted la herencia que llevan en su sangre las hijas de las mujeres aperradas. ¡Oh! si supieran que *eso* se trasmite, muchas serían buenas mujeres por amor a las hijas. Esa muchacha es nacida de accidente, no de corrupción, y usted sabe que del asalto armado a la lujuría en desarrollo intencional hay la misma distancia que del vicio a la virtud.

—Señor Marín…

—Será usted instruido en el todo. El corazón de Margarita es tan puro como su sangre; será una buena esposa, madre y ama de sus hijos; tiene la preparación doméstica necesaria. En cuanto a los otros detalles, ustedes se explicarán oportunamente, porque he de dar a usted un cuarto de hora para que ella le diga todo.

—¡Ah!… me ha dicho que su historia es muy triste.

—Verdad que es triste, pero en todo sólo hallará usted la bribonada de un fraile, nada contra la mujer –terminó el señor Marín sonriendo dulcemente, y en sus ojos brilló esa dulzura paternal que el amor santo suele dibujar en los hombres generosos.

---

197 *Escrofuloso*: quien padece escrófula, tumefacción fría de los ganglios linfáticos, generalmente cervicales, acompañada de debilidad y predisposición a la tuberculosis.

XXVI

Ernesto regresó a su casa henchido de felicidad y abrió con brazo nervioso su habitación transformada en virtud de la buena suerte y del poder del dinero, en una vivienda de soltero, confortable y elegante.

En una mesa colocada junto a la ventana encontró el ramillete de pensamientos y albahacas de costumbre, arrojado probablemente desde afuera, pues, las flores estaban boca abajo, con los pétalos aplastados, los rabillos o cabos hacia arriba, atados con una cintita rosada de rasete.

Levantó el pequeño ramillete, enderezó algunas de las hojitas magulladas y aspiró fuertemente su aroma.

—¡Pobrecilla! –dijo como devolviendo de los pulmones el aire perfumado que acababa de aspirar y en sus ojos brilló por un segundo la chispa del macho moderado por las timideces de la edad, y luego se acercó hacia la mampara dirigiendo la mirada escudriñadora al departamento fronterizo al suyo.

Aquél se componía de una sala, que era a la vez de recibo y servía

de taller de trabajo, donde la máquina de coser con su incesante mu-
siquilla del rotar de la rueda, el sube y baja del brazo alimentador y
los constantes trajines de ida y venida de la lanzadera, formaban el concierto perenne al oído de la mujer trabajadora que vive casi sin darse
cuenta de los móviles que la impulsan a vivir esta vida tan difícil de
ser vivida.

Esa pequeña sala era un rico laboratorio fisiológico, donde el mo-
ralista podía estudiar el corazón y la naturaleza de la mujer bajo las
formas más puras y convincentes.

Las paredes constituían un verdadero museo artístico.

Cuadros de paja, de cartón, de felpa, de raso, florecillas picadas
sobre cuero con realces de similores, paisajes bordados sobre esterilla
y dibujos sobre papel marquilla, ramilletes completos de flores disecadas, revelaban toda una alma artista, una personalidad esencialmente
laboriosa y manos delicadas que con pulcritud ejecutaban la idea.

Adelina estaba como nunca sobresaltada.

Desde la noticia de que el *premio gordo* había favorecido a Ernesto,
su naturaleza sufría una decadencia horriblemente matadora.

En el mar de la vida las esperanzas y los desengaños forman el flujo
y reflujo del alma, chocando siempre las encontradas olas en esa orilla
de misteriosas cavidades llamada corazón.

Tan pronto caen, tan pronto se levantan, lamen la arena y se van.

Las almas soñadoras son como plumillas flotantes en la superficie
de aquellas olas.

La noticia que llevó la alegría, la felicidad a la casa de Casa-Alta,
heló la sangre en las venas de Adelina, paralizando primero las pulsaciones del corazón y agitándolas inusitadamente en el acceso de la reacción nerviosa, manifestándose en ese temblor frío de las situaciones
inesperadas, acaso, sí temidas por esa intuición psíquica que la ciencia
aún no ha definido.

Una palidez de cera inundó su rostro, tembláronle las escasas
carnes y la lluvia de perlas que inundaba sus pupilas quedó allí cuajada,
y sufriendo un retroceso fue a torturarle la garganta.

Parecía una muerta.

¡Cuánto decía el silencio de sus labios!

Estaba vestida como de boda. Una blanquísima bata de muselina, flotante, con cinturón de cuero y hebilla de acero que ceñía el delicado talle, realzaba la cascada de cabellos que caía, ondulosa, sobre las espaldas de la semimuerta.

Sus ojos doblemente abrillantados por la humedad de las lágrimas, se alzaban al cielo como interrogando a la Providencia el porqué de las grandes pasiones en corazones que no han de ser comprendidos, en naturalezas pobres, vasos débiles que no pueden soportar el contenido.

La crisis nerviosa comenzó a iniciarse.

El nudo hecho de lágrimas que le estrangulaba la garganta, fue aflojando la tensidad, una corriente tibia en las venas que fue subiendo de grados, inició el calor que renueva la vida y hondos suspiros desprendidos como sollozos que se lanzan al impulso de un dolor físico pertinente[198] y agudo, hacían sobre la blanca epidermis del seno pequeño y duro, las ligerísimas ondulaciones de las venas congestionadas en las sienes que dejan contar las pulsaciones de la sangre.

—¡Pobre infeliz! ¡pobre infeliz!… sí, yo sé, yo adivino cómo separan las montañas de plata a los corazones sencillos y amantes de aquellos que se asfixian entre los terciopelos del sarao o tras las cortinas de tisú del cerrado *landeau*[199] tirado por brioso tronco.

Eso separa hoy más que la sangre.

Y entró en el semidelirio de los soliloquios soñolientos.

—Dicen que estoy tísica, ¡pero eso no es cierto!… ¿Qué?… Lo que me mata es otra tisis, sí, sí, la tisis del alma.

—¡Ya el adorado mío no se dignará dirigir las miradas a esta pobre rejita de primer piso!… Ya mis albahacas y pensamientos no podrán depositar color y aroma en las manos del adorado. ¡Otras han de robármelo ahora que es rico!… ¡Dios mío, Dios mío! ¡Las estrellas brillan allá en el firmamento, a tus pies; y la luciérnaga brilla también en el bosque y en el gramadal a mis plantas; y sólo para mi corazón ha llegado la lobreguez de las tumbas cerradas, frías, calladas!… ¡Dios mío, Dios mío, conforta al débil, consuela al triste: envía a mi alma perdón y olvido… olvido, nada más!

Y como las cuentas de un collar arrancado se desgajaron en hilera perlas líquidas de los ojos de la joven aligerando el peso que oprimía aquel corazón que, en la primavera de la vida, sentía los rigores del invierno helado, del desengaño. Las penas en la vida real simulan

---

198 *Pertinente*: con el significado de "venir a propósito"; se trata de un dolor físico venido a propósito de la crisis nerviosa.

199 *Landeau*: o *Landau*, carruaje de ciudad de gran lujo, de doble capota detrás de cada uno de los asientos enfrentados, que pueden ser unidas formando un todo con los cristales abatibles de las puertas laterales dejándolo cubierto o descubierto.

densas nubes del alma suspendidas en el cielo de la felicidad que se persigue sin alcanzarla, y por eso el llanto, lluvia benéfica, alivia los sufrimientos.

Una voz misteriosa que la ciencia experimental conoce con el nombre de reacción nerviosa, habló al organismo delicado de Adelina, sacudiéndolo poderosamente después de la lucidez imaginativa que poseen los seres atacados de las afecciones cardíacas o pulmonares.

Una última lágrima tembló sobre las crespas pestañas de la virgen y resbaló por la pálida mejilla, como una gota de rocío en las hojas de la azucena, al propio tiempo que por la mente cruzaban pensamientos consoladores.

—¡Confía y espera! Es la gran sentencia del poeta –dijo, y sus blancas manos fueron en busca de la labor cuotidiana, y su voz delgada, tenue, comenzó a tararear un aire de *El anillo de hierro*.

Ernesto cambió de resolución, se retiró de la mampara y fue a abrir el cajoncito de una pequeña mesa-carpeta. Arrastró una silleta, se sentó cómodamente y comenzó a desenvolver pequeños paquetitos con rótulos hechos a lápiz, atados con cintas y cordoncillos de diversos colores. "Elisa" decía sobre el primero que deshizo. Contenía una guedeja de cabello rubio, cuya presencia contrajo los labios de Ernesto en sus extremidades, dejando adivinar un pensamiento triste cruzado por la mente en la forma tétrica del recuerdo. Y después, fueron desfilando por entre los nerviosos dedos del joven pañuelos con iniciales, flores disecadas, lazos de cinta, guantes diminutos, alfileres y confites, con inscripciones declaratorias.

Decididamente aquél era un panteón del Amor.

Qué epitafios tan lacónicos, encerrando historias amorosas.

Todas ellas con el fondo: triunfo de él, desengaño de ella.

El hombre encontrábase vacilante. Volvía y revolvía cada prenda entre sus manos. Por fin, en la lucha feroz[200] del ayer marchito y frío y el presente lozano y ardiente, triunfó la vida.

Ernesto estrujó entre sus convulsas manos todos aquellos recuerdos de las mujeres que había amado por pasatiempo y encendiendo una cerilla, hizo una llama con que alumbró el altar del desposorio, ofrenda magnífica hecha a Margarita.

Pocos minutos después se disipó el tenue humo y las cenizas fueron

---

200   Feraz en el original.

arrojadas a una escupidera de losa granate con dorados y paisaje de flores, en cuya cavidad yacían dos cabos de cigarillos negros por un extremo, amarillentos y gomosos por el otro, despidiendo un olor nauseabundo.

Ernesto en seguida se entregó a otros arreglos concernientes a su deseado matrimonio, con todo el entusiasmo de un joven que por primera vez distingue los sonrosados horizontes del verdadero amor.

XXVII

Por la primera vez de su vida se entregaba don Pepe Aguilera a reflexiones sociológicas y, meditabundo, se decía:

—Si los hombres comprendieran lo suficiente el *por lo mismo* de las mujeres, aprenderían a tratar los asuntos del amor con el tino que requieren las enfermedades contagiosas, ¡que aquello a esto equivale! Por lo mismo, en ciertas ocasiones significa tanto como *cargue contigo el diablo y a mí la gloria*. Por lo mismo, generalmente, es la derrota vergonzosa del marido celoso y la tortura eterna del padre que ama como yo amo a esas mujercitas... Y, si las mujeres comprendieran la importancia de la sonrisa del triunfo en labios de un hombre indigno, mirarían de hito en hito las consecuencias de la ligereza precursora de la deshonra, con su harapiento séquito de lágrimas y arrepentimiento; porque, no todos son en el mundo lo que yo he sido para la *grandísima*... de Nieves, que al fin y al cabo me ha lanzado el *por lo mismo*, cuando yo he visto la sonrisa, sí, la mefistofélica sonrisa del triunfo en la bocaza del pulperito. ¡Perras! sí, ¡perras!

Don José Aguilera se paseaba nervioso, y multitud de ideas se agolpaban a su mente como avispas encerradas en vaso de cristal.

Desde la noche en que se quebraron los cristales de los lentes del señor Aguilera en las gradas de mármol blanco y bruñido, muchas de las noches siguientes, a idéntica hora, se deslizaba entre las sombras un bulto delgado y silencioso que llegando al final de la escalera aguardaba ganoso, por cortos momentos, pues ella aparecía como una exhalación y después de unos minutos de conversación, subía ella jadeante, tímida, componiéndose los cabellos de la frente, gustando en el paladar sabores desconocidos y él volvía al despacho con los nervios laxos, satisfecho, tomando noche por noche diferentes posiciones de la casa Aguilera, hasta que el día menos pensado llegó al pequeño y espiritual aposento de Camila y las cosas se encajaron por los ojos de doña Nieves y sobre las barbas de don Pepe.

Sin embargo, la madre no se cansaba de repetirle al marido:

—Eres un tontonazo, yo sé lo que me hago, y mis hijas son mis hijas. Tengo la llavecita de oro que abre el alcázar más secreto; y sobre todo ¿qué hay de nuevo? Una niña que se enamora de un hombre por el físico. ¿O dirás que el italianito no es un mozo bien plantado?

—Plantado en la pulpería –responde don Pepe con un suspiro y limpiando los nuevos lentes con una punta del faldón de su levita.

—Con la plata se erige un trono y se compran pergaminos, ya verás, ya verás hombre de Dios –acabó doña Nieves golpeando en el hombro a su marido y se dirigió a la sala de recibo donde debía aguardar la llegada de Aquilino a quien pasó recado de llamada urgente.

Iba a desrrollar un plan más arduo que el de finanzas del Estado.

Aquilino que esperaba esa llamada de un día para otro, no se sorprendió tantica la cosa, y acicalándose lo mejor que pudo en la peluquería de Guillón, estuvo puntual a la cita.

Al verle entrar, doña Nieves sintió un sacudimiento nervioso que la habría desequilibrado por completo, malogrando el plan, si su escepticismo no hubiese sobrepasado al amor de madre ultrajada.

—Hola, don Aquilino; agradezco a usted la puntualidad, tome usted asiento, deje por allí su sombrero –dijo al recién llegado, señalando con el ademán la percha colocada a la entrada del salón.

—*Siñora*, tantas gracias.

—Espero que usted no ha de sorprenderse; las madres tenemos que pasar por muchas cosas ¿eh? y en estos tiempos, las madres depositamos los secretos de los hijos; le digo a usted que el señor Aguilera, mi esposo, no sabe nada de lo que vamos a hablar; Camilita… sí… usted sabe que de Camila voy a hablarle.

—*Siñora* –repitió Aquilino abriendo los ojos.

—En fin, no sé… ustedes, parece que se han entendido; yo no me opongo, no lo crea usted por un momento, el hombre de trabajo está sobre los hombres de oropeles, viciosos y carcomidos. Quiero que usted se decida, y a mi juicio esto terminará en cielo…

—*Siñora*, yo pido a usted la mano de Camila, usted acaba de decir el hombre de trabajo…

—Sí, sí, pero en esta sociedad hay que dorar también las cosas. Es usted el presunto marido de mi hija, y no tendrá inconveniente en aceptar una suma a cuenta de la dote de su esposa.

—*Siñora*…

—No me ponga usted excusas –interrumpió maliciosamente doña Nieves, para obligar más al hombre– yo y ella deseamos que usted haga un viaje a Tacna, que se retire de "La Copa de Cristal" y regrese con otro nombre, con otra posición, una figura completa, ¿me entiende usted?

—No parece, *siñora*, sino que usted ha leído todo el fondo de mi corazón y de mis proyectos. Yo, en mi país no soy un cualquiera: la mala suerte me ha traído por estos mundos en tristes condiciones, pero allá, mi padre es Conde.

—¿Conde? –preguntó doña Nieves, repitiendo la última palabra de Merlo y pegando un ligero brinco nervioso en su asiento.

—Sí *siñora*, yo puedo pedir mis papeles –ofreció él, convencido de que acababa de dar el golpe de gracia sobre los proyectos de su futura suegra, los que constituían la realización de sus sueños dorados.

—Deme usted la mano, don Aquilino. Voy a anunciárselo a Pepe, ahora mismo, y mañana tendrá usted los libramientos del Banco del Callao sobre Tacna.

—Mañana estaré aquí puntualmente, *siñora* –dijo él poniéndose de pie, y se despidió pensando que en la noche él mismo anunciaría a Camila todo lo concertado para su matrimonio.

Doña Nieves no podía contener sus emociones y fue inmediatamente donde su marido que se paseaba intranquilo en la habitación inmediata.

—No te dije, Pepe –gritó al verlo– ese mozo tan bien plantado no era un cualquierita, es hijo de un Conde y se casará con nuestra hija después de hacer un viaje a Tacna, de donde vendrá con otro nombre, es decir, con su verdadero nombre, el nombre del Conde, su padre. Estoy, pues, como dices, triunfante en toda la línea, ya ves.

—Y el tiempo, bárbara. El tiempo no nos librará de la deshonra.

—Ni cuentas sabes tú, bobalicón. Un mes que tendrá, dos meses de ausencia son tres y seis que se contarán desde la noche de las bodas; son nueve meses ¿no es verdad? Pues unos errarán como tú, y a los que no yerren se les echa el argumento de que el nene es sietemesino. Recuerdas que la Esplanada parió a los cinco meses de casada y el padre aseguró que la partera dijo que era exceso de robustez.

—Lo que yo veo es que, en las cosas que no tienen remedio correcto hay que buscar cómo remediarse, porque, en fin, pocos hombres son lo que yo he sido…

—¿Y a que no dices que te pesa, Pepe, sin mi dinero, sin mi posición, sin mis relaciones, tú dónde estarías a la fecha? Seguramente mandando los gendarmes de Amazonas –dijo con amargo acento doña Nieves, ante quien las últimas palabras del señor Aguilera pusieron de bulto todo el pasado de su vida. No sabía ella que en el código de los estudios sociales existen dos sentencias inapelables. La mujer enamorada formula una cuando dice: "le amo tanto que hasta me entregara". Y se entrega. El hombre da la segunda al decir: "la amo tanto que hasta me casara con ella". Y se casa.

Esto, tratándose de asuntos del corazón, pero cuando el mercantilismo guía las uniones, no hay para que rememorar faltas como la de doña Nieves.

En la mente de don José rebullía un solo pensamiento: remediar la situación de su hija; en su corazón pesaba un solo deseo: salvar a la hija de la deshonra y medio febricitante repetía entre dientes:

Sí, yo me casé, también por caballero… pero ése… ése…

XXVIII

Días después de los últimos sucesos, doña Nieves se encontraba en su mismo salón frente a frente de un hombre pequeño, huesudo, de ropa raída al extremo de presentarse lustrosa, de ojos hundidos y mirada de ave de rapiña, a cuya salutación correspondió con marcada distinción llamándole mi don Eufracio, y señalándole un asiento en el que se sentó el hombre sosteniendo con ambas manos su sombrero alto de pelo y de época indefinible, algo calvo ya por el filete de la copa.

—Como el tiempo es plata para usted, mi don Eufracio, voy a darle las noticias sin entradas; sabrá usted que se nos casa Camilita.

—La felicito desde ahora, mi señora doña Nieves; sin duda que será un buen partido, pues la posición de usted...

—Ay amigo, caído de lo alto, sí, con razón se dice que, casamiento y mortaja del cielo baja. Figúrese que un Conde rico y buen mozo, que conocimos en Tacna ahora diez años, cuando Camilita era una mocosa todavía, es el que ha pedido su mano, y Pepe, que conoce bastante los antecedentes y demás circunstancias ha resuelto darle el sí, y le hemos dado.

—Mucho gusto tengo, mi señora; eso y más merece la señorita.

—Gracias, mi don Eufracio. Ya usted comprende que para un matrimonio de esta especie, necesitamos hacer, pues, no un gasto cualquiera; y deseo que me busque usted una nueva hipoteca.

—Con mucho gusto, mi señora; cabalmente tengo varios lotes por colocar, en las mismas condiciones de los cuatro mil soles de la hipoteca anterior.

—¡Jesús! qué compromisos los que tenemos las madres de familia, no; ese dinero fue para festejar el santo pero, en fin, éste será pues ya el último, porque después de la boda, el marido la carga toda, como dice Pepe, quien a veces tiene razón.

—Pero dice que esta tertulia que usted dio, no ha tenido rival, mi señora doña Nieves.

—Sí, cierto; todas mis amigas han tenido una semana que comentar.

—¿Cuánto necesitaba usted ahora?

—Será cosa de seis mil soles, sobre el mismo rancho ¿eh?

—Segunda hipoteca… eso… es dificilito, mi señora… las gentes están así, algo quisquillosas con esta fluctuación del billete.

—Pero si el rancho vale treinta mil soles, don Eufracio.

—Sí, mi señora, los vale, pero échele usted los puntos a las íes de los usureros.

—Entonces… ocuparé pues a otro corredor, don Eufracio.

—No diga usted eso, mi señora, yo soy diligente y por usted… cualquier cosa; a mí me gusta comenzar mi negocio con una persona y acabar con la misma. Yo le haré la diligencia de todos modos y ahora mismo voy a sacar un certificado del registro de hipotecas, para no perder minuto, ni exponerme a que usted, mi señora, pierda su confianza en este su servidor.

—Gracias. ¿Qué comisión me llevará usted por ésta?

—Ya usted sabe, mi señora, ésa es de reglamento, dos por ciento.

—¿Seiscientos soles?… ¡uf!

—Por eso no pelearemos, mi señora, lo principal es lo principal, que lo demás es cosa de nada… sí, le aseguro a usted… A las cuatro estaré aquí… tal vez con la minuta.

Hizo una reverencia, y salió con paso acelerado en dirección a la escribanía del Pozuelo de Santo Domingo.

Al pasar por la esquina de la Rifa, detúvose porque la vía se encontraba interrumpida por el desfile de un cortejo fúnebre. En esa esquina conversaban dos individuos de aspecto decente, y decían:

—Sí, amigo mío, este mundo es una verdadera cochinada, y dichosos los que temprano se van al hoyo.

—Tiene usted razón, don Hilario, pero esta joven, tan buena, tan espiritual, alas le faltaban para volar al cielo.

—Pues ya voló…

—No me conformo, don Hilario. Yo fui su amigo y conocí de cerca ese tesoro de virtudes escondidas tras el percal, y multitud de veces las comparé con la podre que ocultan esos terciopelos de la alta clase; de esas mujeres que a fuer de oro imponen silencio.

—No imponen, don Jacinto; en medio de la cohorte de adulones hay uno que otro corazón honrado que las censura y las desprecia.

—¡Pobrecita!… Si al menos pudiese creer yo en otra vida…

—¿Qué?

—Compadézcame usted, don Hilario, pero eso, si no es inventado para consolar a los vivos, es sólo la vanidad del hombre, el orgullo, el amor propio que no se resigna con volver a la nada… ¡y somos nada!… ¡y vamos a la nada!…

—Yo no pienso del mismo modo, don Jacinto, porque así, ¿dónde me echa usted a esas mujeres almas de cántaro y a otras metalizadas que hablando del marido y las conquistas callejeras dicen, muy sueltas de lengua, "aunque le dé eso con tal que no le dé plata" y cómo me las nivela usted con las mujeres espirituales que, como esa muerta, se mueren de amor y de tristeza? ¿Me las nivela usted? ¿hay o no hay premio y justicia más allá?

El cortejo fúnebre acababa de doblar la esquina del Gato para seguir por Beitía a Maravillas. Por delante seguida de algunos carruajes, iba una carroza mortuoria cubierta de flores naturales, esparciendo aroma por el trayecto y en el centro una sencilla caja donde marchaban a la paz eterna los restos de Adelina, santamente encerrados por amigas y camaradas que, llorosas y compungidas, quedaron en el poético saloncito de los cuadros, los *crochets* y las miniaturas, comentando los últimos momentos de la melancólica azucena.

—No hubo tiempo para nada, hija, cuando llegó el doctor, ya no hizo más que menear la cabeza.

—Yo creo que ella padecía del corazón, desde la muerte de su madre... ¡Pobrecita, una santa! Linda. ¡Con su tez de gardenia!

—Sí, justamente el doctor ha dicho eso, y el certificado dice que ha fallecido de insuficiencia aórtica.

—¡Pobre Adelina!... ¿Y quién se queda con esto? –preguntó una señora llegándose a las otras.

—Tiene una tía en Ancón, ya no tardará en llegar, ayer se le hizo parte.

En el momento de sacar el cadáver de la casa, se proyectó la silueta de un bulto colocado detrás de las vidrieras de la habitación fronteriza. Ernesto con ambas manos en los bolsillos del pantalón que lo suspendía maquinalmente, se dijo:

—¡Mujer espiritual, pura poesía, fue una flor, y exhaló su aroma! ¡El cielo la reclamaba!... –y rodaron dos lágrimas por las mejillas del joven.

¡Si Adelina las hubiese visto, habría dejado feliz el mundo! Pero de nada sirve ya la lluvia póstuma sobre la flor que dobló su tallo y murió de dolor.

Pasó por la portada de Maravillas la fúnebre carroza, dando tumbos y sacudiendo las coronas de flores, de las que se desprendían hojas blancas, menudillas, de saúco, hojas albas, aporcelanadas de jazmines del Cabo, ramillas de ciprés de verde lúgubre, dando el postrimer adiós a la vida.

XXIX

—Luego que venga Casa-Alta, déjalo solo con Margarita; es necesario que se expliquen con entera franqueza –dijo don Fernando paseándose en el salón, y dirigiéndose a Lucía.

—¿Y tú? –preguntó ella arreglando los cordones de una de las cortinas, que se hallaban descorridos.

—Voy al Callao acompañando al pobre Pancorbo que hoy se embarca llevándose su buena decepción.

—¿Se va?

—Sí, pues, a pesar de que su elección era legal, legalísima y sus papeles correctos, han calificado a un señor Rinconeras, de quien ni noticia tienen por allá.

—Seamos justos, Fernando, también ¿qué clase de Diputado hubiese sido don Sebastián?

—No, hijita, un error no se corrige con otro error; si vienen representantes de esa catadura hay que respetar la voluntad de los pueblos que los eligen, y la culpa de que en provincias sea la mayoría ignorante es de los hombres que, pequeños en sus miras, absorbentes en sus acciones, egoístas en sus ideales, han formado en esta capital una camarilla de paniaguados[201] del Gobierno y para quienes no existe más patria que su comodidad personal. ¿Te acuerdas cómo son, cómo viven los indios, esos parias desheredados? Y son tres millones de hombres, hija, idiotas, esclavos, infelices de quienes se acuerdan, Gobierno y Congresos, cuando hay que formar soldados o sumar contribuciones.

—¡Jesús! Fernando, ni digas esto en otra parte. Los adulones de la banda presidencial te chismearían con el Jefe del Estado.

—No tengas ese temor, hija mía, yo conozco el terreno y sé medir mis palabras cuando hablo con los otros. El otro día no más, que fui a la joyería de Jacobi para escoger el anillo que me encargaste, he discutido largamente sobre política con unos sujetos allí reunidos, y, a pesar de que se trataba de asuntos gravísimos, como el estanco del opio y las casas de cena y se señalaba a determinadas personalidades como agraciadas con el *busilis*[202], nadie podrá sacar en limpio una sílaba acusadora ni aprobatoria salida de mi boca. Harto sé que *cuando el río viene de avenida, no es del cuerdo colocar el dique: hay que aguardar la sequía.*

Al decir esto, don Fernando sacó su reloj y consultando la hora agregó: —¡Cáspita! las tres menos veinte. A las tres y cinco para el tren en la Palma y don Sebastián está aguardándome. Hasta luego, amor.

—Que no te deje el tren en el Callao, Fernando, pienso atajar a Casa-Alta para que coma con nosotros.

—¡Oh! a las cinco y media estoy de vuelta.

El carruaje número 66 pasó por frente de "La Copa de Cristal" llevando a don Fernando Marín y don Sebastián Pancorbo, y el hombre de la cachimba, que ayudó a Aquilino Merlo en la filtración del aguardiente de patatas, encontrábase reclinado sobre el mostrador, triste y caviloso, recorriendo en la mente los nombres de sus compatriotas, buscando uno que pudiese ocupar el puesto de Merlo, cuya separación había contrariado grandemente al propietario de la pulpería.

Don Sebastián, arrellanado en el fondo del carruaje, dijo tristemente a Marín:

—¡Ay! compadre, francamente, qué dirá la Petronila que ni siquiera llevo las fotografías en grupo con los hombres públicos, sacadas

---

201 *Paniaguado*: servidor de una casa que recibe alimento y salario.
202 *Busilis*: voz de uso jocoso que significa el punto en que estriba una dificultad.

después de los banquetes, francamente.

Don Fernando sonrió fijando su mirada contemplativa en el rostro del diputado boleado y el carruaje se detuvo en la estación de la Palma, donde debían subir al tren para continuar el viaje.

Ernesto Casa-Alta no tardó en llegar a la casa de Marín donde le recibió su novia, notablemente embellecida por el tocado que había elegido para ese día.

Margarita vestía una bata azul magníficamente guarnecida con encajes. Su cabellera ondulosa y brillante estaba sujeta con cintas azules de tono más pálido que el vestido. Rodeaba su cuello una impalpable cadenilla de oro trabajada en Río de Janeiro, de donde pendía la cruz de ágata obsequiada por Manuel en fecha inolvidable para ella.

—Mi padrino ha querido que nos hablemos sin testigos, Ernesto –dijo ella invitando asiento a su prometido, quien se sentó en una silleta junto a Margarita.

—Sí, eso me prometió cuando pedí tu mano –contestó él agarrando la diestra de la niña y acariciándola con ternura.

—A mí me llamaron *ave sin nido* por ser hija de… un hombre con votos… mi nacimiento mató mi amor primero –dijo Margarita y se puso a contar tranquilamente la historia de su madre y el infortunio de Manuel.

Ernesto se iba abismando en un mar de ternura, al escuchar las confidencias de la mujer que amaba cada minuto más y más, hasta que, tierno como un niño, al distinguir una lágrima que temblaba en las crespas pestañas de la joven, se resbaló de su asiento y puesto de rodillas, tomando instintivamente la cruzecita de ágata del cuello de su novia dijo, por rara coincidencia, las mismas palabras de Manuel:

—¡Margarita mía, por esta cruz te juro que nuestro amor será eterno! –Y luego, sacando del bolsillo del chaleco un objeto pequeño, colocó en el dedo anular de su novia una sortija de oro con un brillante que reverberaba como una lágrima de la aurora llorada en el cáliz de la azucena y expuesta a los rayos del sol que parpadeaban, produciendo los deslumbradores cambiantes del iris.

—El amor de las serranas es eterno, Ernesto mío –contestó Margarita levantando su mano para contemplar el regalo de boda que acababa de recibir, y el eco de la campanilla de la casa vibró en el salón anunciando que la comida estaba puesta en la mesa.

Habían ocupado sus asientos don Fernando, Lucía, Margarita y Ernesto, y en medio de una conversación agradable y animada dijo Casa-Alta:

—¿Saben ustedes la gran noticia que ocurre de boca en boca?

—No.

—¿Cuál?

—Camilita Aguilera se casa el domingo; acabo de ver las tarjetas de invitación.

—¿Con quién se casa?

—Con un extranjero; parece que es un señor acaudalado que hace poco ha venido, por lo menos eso me han asegurado.

—¿Cuál de ellas es Camila? –preguntó don Fernando.

—La mayor, padrino, precisamente la señorita cuyo cumpleaños celebramos en el baile.

—Ya, ya. Muchacha simpática.

El sirviente acababa de servir las copitas de *chartreuse*[203] para endulzar el café y don Fernando brindó con tono entusiasmado:

—Por la felicidad de ustedes, hijos míos; sean tan dichosos como yo, y gocen de la ventura del hogar sin ocuparse de las apariencias del mundo que, casi siempre, suelen poner oropel donde hay llagas que cubrir y deformidades que disimular.

---

203 *Chartreuse*: licor de hierbas elaborado por los Padres Cartujos del Monasterio de la Grande Chartreuse en Francia.

XXX

L a capilla de Belén estaba convertida en una urna fantástica donde las flores y las luces, en rivalidad artística, se completaban con el aroma del sahumerio preparado exprofeso por las monjas de la Encarnación.

—Deseo que el Arzobispo haga el matrimonio, porque mi hija no ha de ser casada por un curita cualquiera.

—Pero el Arzobispo no sale de su Palacio para matrimonio, mi señora doña Nieves.

—¿Qué? La plata allana todo, *usté* lo verá con esos sus ojos.

Este diálogo tuvo lugar dos días antes y, en efecto, a las ocho y media de la noche su Señoría Ilustrísima vestido con el más deslumbrante de los ajuares sacerdotales tenía delante la pareja.

El templo no cabía de conocidos y curiosos. El órgano hizo el proemio con un solemne salmo de Rebagliatti, y se procedió a la gran ceremonia apadrinada por el Excelentísimo Señor Presidente de la Corte Suprema de Justicia y la acaudalada señora esposa del Vice-Cónsul de Marruecos.

La novia estaba deslumbradora por el costo del vestido blanco, el valor del aderezo de brillantes, la finura del velo y la delicadeza de la corona de azahares.

El novio, correctamente vestido llevaba con desenfado el frac y calzaba sin tropiezo los guantes blancos acabados de abrir en el rico almacén de Guillón.

Sus grandes ojos parecían aún más grandes por el afeite, pues se había rasurado toda la barba rubia, dejándose sólo los bigotes que, esmeradamente acicalados por el peluquero, daban a la fisonomía un aire verdaderamente aristocrático.

Dos niñitas, vestidas también de blanco, llevaban la cauda de la novia recogida en forma de media luna y seis señoritas, vestidas de rosa, celeste y crema, aguardaban a la salida del templo con platillos de briscados llenos de las medallas conmemorativas acuñadas en la Casa de Moneda, unas cuantas de oro y las otras de plata con la fecha y los nombres de Conde Coronilla, Camila Aguilera, enlazados por una cinta.

Afuera, el tumulto de las curiosas de manta acallaba las palabras licenciosas de los cocheros, y una vez terminada la ceremonia, las señoritas de la puerta que formaban esa especie de guardia de honor, fueron prendiendo las medallas en la solapa del frac de los caballeros y en la orla del escote de las damas.

El carruaje nupcial recibió la pareja sacramentada y arrancó al brío de los corceles, siguiéndolo la gran comitiva.

—¡Qué muchacha tan simpática! Lástima que se diga tanto de la madre.

—¡Jesús! y qué mozo tan bien *plantao* el que se lleva la fascinerosa.

—Este es el mundo, hija. Unas para cargar azahares y otras para vestir altares.

—Le aseguro a *usté* que esa cara no me es desconocida… yo no sé dónde, pero yo he visto uno igualito al novio.

—Diz que es Conde italiano.

—Si hace cosa de nada que él ha llegado; diz que sólo a casarse vino.

Tales eran los comentarios que se cruzaban en distintas direcciones, entre tanto ya las personas de la comitiva instaladas en los salones dorados de la familia Aguilera terminaron las felicitaciones de estilo y libaron la copa de obligado champagne.

—Creo que han dado las doce, mis amigos, es hora de tomar el portante porque mis ahijados se necesitan –insinuó con tono franchón el padrino, dando a las últimas frases una inflexión picaresca.

Esta notificación fue suficiente para que todos desfilasen, dando a los novios consejos más o menos oportunos.

Quedaron en familia.

Camila se dirigió al regio dormitorio donde permanecían simétricamente colocados todos los regalos enviados por las *relaciones*, y que a la invasión de los convidados fueron revisados por las amigas con aquel espíritu lleno de curiosidad y de envidia a la vez.

Delante del enorme espejo giratorio comenzó a desvestirse, principiando por quitarse la corona de azahares cuyo velo impalpable se perdió entre sus manos desenguantadas. Se detuvo por segundos contemplando las flores de naranjo, y todas las emociones de su corazón, condensadas en dos lágrimas, resbalaron, silenciosas y cristalinas sobre los vidriosos pétalos sin perfume.

***

Aquilino, o sea el Conde Luis de la Coronilla, estaba aún en el salón cambiando algunas ideas con su suegro, quien, taciturno y caviloso, dejaba ver sonrisas en los labios y sentía el corazón bañado por lágrimas paternales.

Doña Nieves acababa de recogerse a su dormitorio, y Lolita, llegando con un entusiasmo casi infantil le dijo:

—Mamá ¿y por qué Camila se ha ido sola, los que se casan no se van juntitos?

Esta pregunta heló la sangre de doña Nieves. Se miró al espejo y estaba pálida.

Su voz se anudaba en la garganta, casi no tenía respuesta para satisfacer la pregunta de su hija.

La presencia del señor Aguilera vino a sacarla de situación tan difícil.

—¿Sabes, Pepe –díjole al verlo– que en todo esto se nos ha ido un detalle? Debíamos haber preparado el rancho en Chorrillos para que los novios se fuesen después de la ceremonia a pasar su luna de miel. Lola, anda a acostarte, hijita –terminó para ordenar en algo su propia confusión.

XXXI

Tiene días aciagos la vida.

Uno de ésos, era el del 16 de setiembre. Día de San Cornelio.

La mañana estaba húmeda y fría. El cielo cubierto de nubes envolvía la soñolienta ciudad en la niebla de Londres, dando a la mansión antigua de los Virreyes el aspecto triste de la naturaleza brumosa que comunica al espíritu esa desazón inexplicable del tedio que se abraza con el hastío, situación definida con precisión por la palabra *spleen* de los ingleses o *nevada* de los arequipeños.

Así preparado estaba el ánimo del Conde cuando dejó la cama y envuelto en su ancha bata de cachemira, calzado con zapatillas de pana roja, se asomó, en puntillas, a la puerta que comunicaba con la antesala de recibo, y medio escondido entre las cortinas de damasco con corredizo de seda, alcanzó a oír el final de la conversación, que, en el tono de confidencia, sostenía doña Nieves con el hombre pequeño y coloradote, de ropa raída.

—Así se engaña uno, mi don Eufracio. Y llore usted lágrimas de madre –y comenzó a lloriquear.

—Señora, demos tiempo al tiempo… todo tiene remedio menos la muerte.

—Así dicen, mi don Eufracio, pero encontrarse con todo un gandul. Se levanta a las quinientas, después de tomar el té encamado; su vida es el Casino, ¡ay! quién lo creyera, cuando era dependiente.

—¿El señor Conde, mi señora doña Nieves?

—Quiero decir, dependiente de su señor padre, es decir hijo de familia… –explicó la señora, enjugándose los ojos con el dorso de la mano mientras el agente de negocios revolvía su sombrero sobre las rodillas.

—¡Ah! Yo estaba tomando por otra *cláusula* el *documento*. Qué mi señora doña Nieves –repuso sonriente don Eufracio y luego agregó: –Piense usted seriamente, mi señora, sobre el asunto de las hipotecas, porque están desconfiados como salvajes los pillos de los usureros y un remate sería perjudicial.

—En todo caso sería la dote de Camilita que ya la tiene en quintos el gandul de mi yerno, porque para mi Lola, yo sabré elegir marido sin que Pepe tenga que ver ni oír.

—Hará usted bien, mi señora doña Nieves, y sobre todo búsquese usted hombre limpio… quiero decir sin títulos, hombre de profesión, un médico, los médicos son magníficos maridos: conocen las distintas dolamas[204] de la mujer y le aflojan la cuerda.

—Mucha verdad es la que usted dice, mi don Eufracio. Sálveme usted el rancho de Chorrillos y los callejones de la calle de los Patos… y que el Conde cargue con su mujer. Buen pájaro ha salido él.

Una corriente de aire frío y húmedo levantó las cortinas de la puerta y Aquilino se estremeció al golpe helado de aquella corriente, retirándose colérico e indeciso hacia el interior del dormitorio.

En el almuerzo estuvo meditabundo y callado, apurando a grandes tragos la copa de vino que surtió repetidas veces, sin hacer mérito de las miradas de soslayo que le lanzaba su suegra.

El día fue todo turbulento, lleno de coincidencias abrumadoras para el espíritu del Conde que no solamente acababa de persuadirse de que la gran fortuna de los Aguilera consistía, más que en fincas realengas[205], en las apariencias sostenidas por doña Nieves, sino que estaba

---

204 *Dolama*: achaque, enfermedad que aqueja a una persona.
205 *Realenga*: sin dueño, de real, aplícase a los pueblos que no son de señorío ni de las órdenes, por lo tanto obedecen sólo al Rey.

muy al cabo de que su señora suegra tuvo vida perra por demás antes y después que don Pepe hubiese caído en la ratonera con el queso de la vicaría.

El "Casino de los Gallos" frecuentado por la flor y nata masculina estaba concurrido como de costumbre.

El Conde de la Coronilla, después de jugar dos mesas de billar en que perdió champagne y cigarros puros, se sentó a descansar junto a una mesilla de mármol, mosaico esmeradamente trabajado por la casa Roselló, cruzó las piernas y más por tono que por deseo de leer levantó *La Opinión Nacional* que estaba sobre la mesilla de su lado.

Lo primero con que chocó su vista fue este suelto que leyó sin disimular las contracciones de su ceño.

"*Infeliz mujer*– Ayer dejó de existir en el hospital de Santa Ana una infeliz mujer, mulata de raza y de nombre Espíritu Cadenas, que deja en el mayor desamparo dos criaturas del sexo femenino contando una cuatro años escasos y otra seis años próximamente. Estos casos de orfandad vienen repitiéndose con dolorosa frecuencia, y sería de desear que la Beneficencia Pública, que dispone de medios más que suficientes crease un asilo de abandonados"

El Conde Luis arrojó, casi estrujándolo, el periódico que tenía entre las manos, cuya lectura puso delante su pasado, y acercándose al mostrador pidió una copa de ajenjo[206] sin agua que apuró de un sólo trago.

—Usted paladea solo, mi querido Conde –dijo un caballero llegándose y poniendo confianzudo una mano sobre el hombro del aludido.

—Hola, señor don Julián, estaba usted por acá.

—Tarde he llegado.

—Nunca tarde, ¿qué toma usted?

—Beberé vermouth con sifón.

—Yo otra copa del *verde*.

—Se conoce el genio artístico de usted, prefiere el licor de Byron y de Alfredo de Musset.

—Esto he bebido desde que entré al Casino hoy; no acostumbro mezclas.

—Salud.

---

206 *Ajenjo:* licor de Artemisia Absinthium, bebido en altas dosis produce intoxicaciones con alucinaciones. Muy de uso entre los románticos.

—Salud.

—Ahora otro ajenjo y otro vermouth –pidió don Julián enjugándose los labios con el pañuelo que doblado y oloroso sacó del bolsillo, sin reparar en la contradicción que notablemente se pintaba en el rostro de su amigo.

— ¿Quiere usted jugar una mesa de carambolas? –preguntó don Julián, alcanzando la copa servida que el Conde Luis recibió agradeciendo con una inclinación de cabeza al mismo tiempo que decía:

—He jugado dos; una más, no importa.

En todo el espacioso salón se oían las voces de los socios, la caída de los dados sobre el tablero del chaquete y el choque de las bolas de billar al empuje del taco.

Algunos grupos fumaban, hablando sobre política europea y otros en silencio sepulcral movían casi automáticamente las piezas sobre las casillas del ajedrez.

El reloj dio las dos campanadas de la madrugada.

El Conde Luis acababa de tener una disputa acalorada con un individuo que negó una carambola por banda hecha por él y varios amigos se interpusieron entre ambos para evitar un lance desagradable.

El de la disputa hizo alusiones picantes de varios maridos que vivían en la santa paz y alegría del *sursum corda*, y mirando al Conde se levantó los cabellos en forma de puntas.

Esta acción desconcertó por completo a Luis, cuyos ojos se inyectaron de sangre, y agarrando su sombrero colgado en la percha de la entrada, salió enajenado en dirección de su casa. Todas las puertas le estaban franqueadas por una sola llave.

El aire frío de la calle le acabó de perder la razón y llegó al dormitorio ebrio y delirante.

Camila dormía en el magnífico lecho cubierto con una colcha de seda verde y ramazones color oro viejo. Las cortinas blancas sujetas por cordones de seda corredizos estaban sujetas por un angelito con las alas en ademán de volar y en cada una de ellas se abría la tela cayendo como una nube vaporosa sobre el lecho, alumbrado por la tenue luz de una lamparilla de parafina con bomba rosada.

El enorme ropero colocado en frente mismo de la puerta principal, reprodujo en la superficie de la luna azogada, la persona de Aquilino

Merlo, quien presa de una alucinación mental retrocedió ante su misma imagen y después, reaccionado, se lanzó sobre el mullido lecho y arrancando de su sueño a la mártir la derribó sobre el aterciopelado alfombrado de Bruselas exhibiendo una esfera de marfil bruñido en cuya redondez estampó dos palmadas cuyo sonido repercutió en el silencio de la madrugada.

—Cochina, ayer conmigo... hoy con quién... con quién –repitió beodo y salió otra vez a la calle loco, frenético, entrando nuevamente al Casino donde pidió otra copa de ajenjo y la bebió dirigiendo la mirada de fiera a dos caballeros que aún continuaban su partida de ajedrez, como diciéndoles muy ufano:

—Ya está castigada.

¿De qué? habríale preguntado un observador imparcial. ¿De haber sido tonta e incauta; lasciva o desgraciada, cediendo a la herencia de raza sin rechazar ésta con las virtudes de la educación del hogar?

El mundo seguía juzgando las cosas tras el prisma de las apariencias que da los rientes colores del iris.

La luz del nuevo día extendiéndose suavemente por todo el espacio disipaba las sombras; y los monumentos y los edificios se destacaban con majestuoso silencio y Lima principiaba a vivir esa vida sibarítica, floja, dejada, de los países tropicales; donde la acción del clima enerva los nervios, destruye el oxígeno de la sangre y acaba las energías de los caracteres, despertando la voluptuosidad de la molicie.

XXXII

Media hora próximamente trascurrió de cuando la comitiva de los amigos íntimos de las familias Casa-Alta y Marín y los novios regresaron de la parroquia donde el señor Cura se desempeñó lo mejor posible al adicionar, como de costumbre, la epístola del apóstol.

Todo respiraba alegría en la casa número 58 de la calle de Núñez.

Los carruajes comenzaron a desfilar, unos ocupados, otros vacíos.

La hora sagrada se aproximaba para Ernesto y Margarita.

Entraron en el templo nupcial impropiamente llamado alcoba por el vulgo de los que separan lo material de lo espiritual y olvidan que en el ara del altar se ofrece ella y él sacrifica a los dioses del amor y de la dicha, con la sangre de la paloma.

Todo estaba allí preparado por la mano de Cibeles y Venus en competencia. Consultados los menores detalles, sin que la planta de las amiguitas curiosas hubiese profanado templo ni altar.

El papel que decoraba las paredes era azul como el cielo, salpicado

de florestas de oro semejantes a las estrellas de la mañana, y en lugar
de cenefa festoneábanlas ramas de madreselva, jazmín y adormideras,
sujetas tal cual vez por recogidos de gasa casi ideal e impalpable.

Los espejos del ropero, velador y lavabo estaban cubiertos con tul
blanco de seda que, como la viajera nube que pasa junto a la luna, es-
condía el suave fulgor de la superficie, producida por la luz artificial
proyectada por dos mecheros de gas con bombas de cristal azul pálido.

—Ni mi propia imagen retratada por los espejos, turbará nuestro
momento sagrado: ¡ella y yo! ¡yo y ella! –se dijo el afortunado amante
que por otro cálculo más intencionado aparejó al centro de la vivienda
una pequeña mesa con enorme jarrón de margaritas, que con su aroma
pungente despertaba los sentidos, y junto a él dos copas, cálices en la
forma, cristales de Bohemia en la materia, conteniendo el champagne
que aún daba señales de frescor en sus menudas burbujas bullentes,
como murmurando dicha o remedando el cosquilleo de las venas.

En el extremo derecho estaba el altar con sus blancos cortinajes
iguales a dos alas de cisne extendidas para cobijar las caricias de dos corazones que entonarían el himno de felicidad con el gorjeo de la naturaleza virgen y robusta.

Allí los almohadones de plumón dóciles a hundirse al peso de la
frente virginal.

Penetraron ambos asidos de las manos.

Silencioso él. Ella tímida con las timideces de la primera lección de
una muchacha de escuela.

Ernesto pasó el brazo izquierdo por la cintura de su novia, lle-
vándola junto a la mesa, cerca a las flores, y tomó con la derecha la copa
de champagne que ofreció a su desposada, fijando su mirada tenaz-
mente en la de Margarita cuyos ojos, como los de Enriqueta de Inglaterra[207] parecían que estaban siempre pidiendo el corazón.

La pasión creció gradualmente y acababa de llegar al estado en que
los sentidos no conocen sobre la tierra más que una mujer digna de su
amor, y todo lo que una inteligencia clara, todo lo que una alma delicada puede gozar al contacto del espíritu y de la materia, iba a gozar
él en brazos de la mujer ideal.

—Brindemos por la eternidad de nuestro amor, esposa mía; nadie
ni nada podrá separarnos y seremos felices a despecho de este siglo

207 *Enriqueta de Inglaterra*: Duquesa de Orléans (1644-1670) hija de Carlos I de Inglaterra y
Enriqueta María de Borbón, de Francia (hermana de Luis XIII e hija de Enrique IV de
Francia), por lo tanto hermana de Carlos II de Inglaterra.

egoísta, metalizado, y de la sociedad falsa y murmuradora. Margarita, ya comprendes que no se ama una sola vez. Tú has conocido los albores del día encantado, que luce en el palacio de la Dicha. ¡Ese palacio es nuestro!

Al hablar la acercó hacia su pecho y estrechándola fuertemente asomó la copa de Bohemia a los labios de su desposada y bebieron ambos.

Luego, tomando la mano desenguantada de Margarita entre las suyas, condújola, insensiblemente, hacia el altar.

—¡Mía!... –dijo con voz emocionada, tembloroso, presa de aquellos sacudimientos pasionales que estremecen la espina dorsal llevando el calambre al cerebro.

—¡Ernesto mío!...

El la estaba envolviendo en una atmósfera hipnotizante con esa mirada de entusiasmo juvenil que lo devora todo.

—¡Toda mía!

—Sí –repitió ella temblorosa como una azucena que columpia la brisa.

Ernesto se contrajo por una conmoción nerviosa desconocida para la virgen y agarrándola fuertemente se llegó al altar sin soltar a su desposada de cuya blanca corona nupcial se desprendieron dos azahares en botón y cayeron al alfombrado de Bruselas, rozando en su caída la frente del marido de Margarita, quién repitió por tercera vez:

—¡Poseer es triunfar!

En el curso de la vida, a través de los sucesos, Margarita y Camila habían entrado en posesión de lo que les legaron sus madres: su educación, su atmósfera social y más que su sangre era pues, la posesión de la HERENCIA.

FIN

Thank you for acquiring

HERENCIA

from the
Stockcero collection of Spanish and Latin American significant books of the past and present.

This book is one of a large and ever-expanding list of titles Stockcero regards as classics of Spanish and Latin American literature, history, economics, and cultural studies. A series of important books are being brought back into print with modern readers and students in mind, and thus including updated footnotes, prefaces, and bibliographies.

We invite you to look for more complete information on our website, **www.stockcero.com**, where you can view a list of titles currently available, as well as those in preparation. On this website, you may register to receive desk copies, view additional information about the books, and suggest titles you would like to see brought back into print. We are most eager to receive these suggestions, and if possible, to discuss them with you. Any comments you wish to make about Stockcero books would be most helpful.

The Stockcero website will also provide access to an increasing number of links to critical articles, libraries, databanks, bibliographies and other materials relating to the texts we are publishing.

By registering on our website, you will allow us to inform you of services and connections that will enhance your reading and teaching of an expanding list of important books.

You may additionally help us improve the way we serve your needs by registering your purchase at:

http://www.stockcero.com/bookregister.htm

Printed in the United States
61988LVS00003B/173